講談社文庫

介錯《かいしゃく》

鴉《からす》道場日月抄

乾 荘次郎

講談社

目次

介錯《かいしやく》

鴉《からす》道場日月抄

蘭学志願

一

初夏の陽射しがはじける道を、高森弦十郎《たかもりげんじゆうろう》が歩いている。いつものように擦り切れた稽古着に木剣を差したままで、しかも裸足《はだし》だ。

よその町なら行きかう者に眉をひそめられるだろうが、傳通院《でんづういん》界隈では稽古着姿の弦十郎を見知らぬ者が少なく、訝《いぶか》しげな視線を浴びせる者もほとんどいない。たとえそのような視線を浴びせられたところで、気にする弦十郎ではないのだが……。

師広川柳斎《ひろかわりゆうさい》の薬をとりに小石川片町《こいしかわかたまち》の医師清庵《せいあん》の家を訪ねての帰り道、陽射しを避けようと、水戸藩上屋敷裏の道を、木立ちを探して歩いていたときのことである。

昼の八ツ（午後二時）過ぎだというのに、辺りは人けもなく、森閑《しんかん》としている。

と、不意に静寂を裂く声が響いてきた。見ると、前方およそ半丁の塀の陰に人影が動いている。影は四つ、いや五つか……。

不審の念よりなにより、まずは確かめようと、弦十郎の足はもうその人影のほうへ向かっている。近づいていくうちに、叫び声のようなものが次第にはっきり聞こえるようになってきた。どうやら助けを求めているらしい。

十間、二十間と近づくにつれ、人影があきらかになってきた。二人の男と三人の武士が、なにやら揉みあっているやに見える。

弦十郎の歩幅はなおのこと広くなり、足の運びも急になる。人影までおよそ二十間という所まできた弦十郎が、

「待てっ」

駆けながら、鋭く声を発した。

その声で、三人の武士の動きが止まった。弦十郎のほうを見返り、茫然となっている。薄汚い稽古着姿の男が、木剣を差したまま駆け寄ってくるのだから、躰《からだ》が固まるのは当然である。

そばへ近づいて初めて、弦十郎は事態の深刻さに気づいた。

三人はいずこかの家中と見えるが、相手になっている二人は違う。ひとりは頭の後

ろで髪を束ねたくわい頭で、どう見ても医師にしか見えぬ。別の男は姿から推すと下僕のようである。

三人の武士のひとりが、抜き身を右手にぶら下げていたから、どうやらそれで斬ったものらしく、下僕らしき男の左肩に血が滲んでいる。

医師は下僕のそばにしゃがみ、抱き起こそうとしていた。無腰の二人を、二本差しの武士が三人で囲み、あろうことか斬りつけたらしい。

「なにをしておる？」

弦十郎が武士に向かって怒鳴りつけた。

答えたのは、抜刀していた赭《あか》ら顔の男である。

「おぬしにはかかわりない」

と吐き棄てたが、弦十郎はそれでは納得できかねる。

「お手前がたはいずれかの御家中とお見受けした。れっきとした武士が無腰の男を斬るような虚《うつ》けた真似をしようとも思えぬ。なにか仔細《しさい》があればこそ、かようなことになったのだと思うが、その仔細、聞かせていただきたい」

口調は穏やかだが、弦十郎は三人を無頼呼ばわりしている。それはよほどの痴《し》れ者でもなければ通じることだから、三人のうちの肩に肉が盛りあがったげじげじ眉の武

士が、

「早く道場へ帰れ」

稽古着姿の弦十郎を見て、稽古の途中だとでも思ったのか、薄笑いを浮かべてそう罵《のの》った。どうやら、まともに応じるつもりはなさそうだ。

が、弦十郎もそのまま立ち去るわけにはいかない。

「いや、かようなことを見過ごすわけにはまいらぬ」

そう言ってから、三人に対峙《たいじ》した。

そのとき、横にいた武士が前へ出た。瘦《や》せて眼が落ち窪み、眼の奥には酷薄な光が鈍く瞬《またた》いている。

腰の落とし方からすると、この男が一番強い、と弦十郎は鑑《み》た。とはいえ、弦十郎の相手ではない。この程度の腕の持ち主は、江戸の剣術道場には掃いて捨てるほどいる。ごく凡庸《ぼんよう》な腕前だから、本気を出すまでもないと見定めた。

力が抜きん出ている弦十郎には相手の力が読めるが、非力な三人には弦十郎の強さが読みきれない。汚れた稽古着と木剣だけを見て侮《あなど》っているのだ。

「薄汚い鼠《ねずみ》が迷いこんできたようだ。まずこの鼠を追い払おう」

瘦せた武士が眼にいたずらっぽい光を宿したまま言った。

「早くしろ」

げじげじ眉の男が言いながら、辺りを見渡している。だれかがこないうちにけりをつけようという肚《はら》らしい。

三人が抜刀して弦十郎に向かった。木剣一本の弦十郎に、三人が揃って抜刀しているのだから、そのことからも男たちの腕が推量されようというものだ。

それでも弦十郎が木剣を構えたのは、下僕の傷が心配だったからだ。手早く三人を片付けて手当てをしなければと、それだけを思って木剣を三人に向けている。

「ええ――っ！」

奇声とともにげじげじ眉の大刀が伸びてきたが、弦十郎はそれを軽く払った。それでげじげじ眉の正面は隙だらけになった。弦十郎はそのまま喉へ突きを入れ、身を躱《かわ》して今度は瘦せた武士の刀を打った。

力がこもっていないため、刀はそのまま手から離れる。その腕に、弦十郎が木剣を打ち込むと、瘦せた男の腕は折れたらしい。鈍い音とともに悲鳴があがった。

残るは初めから抜刀していた赭ら顔の男で、下僕を斬ったのはこの男だろうと踏んでいた弦十郎は、渾身《こんしん》の力をこめて男の胴に打ち込んだ。

同時に男がよけようとしたため、木剣は男の脇の下に当たった。鈍い音がしたところをみると、肋骨《ろっこつ》が数本折れたようだ。

「むむーっ」

男は脇腹を抱えたまま唸り、その場に蹲《うずくま》った。

げじげじ眉の男は喉を突かれて呻いているし、痩せた男は腕を折られて唸ってい
る。

三人とも、当分は起きあがれそうもなかった。たとえ、不意に起きあがり斬りつけ
られたところで躱す自信はあったから、三人をそのままにし、下僕のそばにしゃがん
だ。

着物を裂いて見ると、傷は思いのほか深い。左の肩が二寸ほど裂けているのだ。

「お見受けしたところ、お手前は医師のようだが、傷は診《み》られましょうか？」

すると、男はかぶりを振り、

「わたしは蘭方《らんぽう》を学ぶ身ゆえ、まだなにも……」

つまり、蘭方医の卵だというのだ。

「さようか。ではやむをえぬ。が、この傷は早く医師に診せねばならぬ」

弦十郎が呟くと、そばにいた男も、

「近間《ちかま》にご存じの医師がおりますれば……」

口添えしてほしいと言って弦十郎を見つめた。その眼には、下僕への深い慈愛が滲んでいる。

弦十郎の頭に浮かんだのは、白山前町《はくさんまえまち》の外科医了斎《りょうさい》のことだ。ここから白山前町ならさほど遠くはないし、清庵の知るべだから、いらぬ詮索をされる気遣いもない。

男と二人で下僕を運ぶことにして、弦十郎が戸板を探すことにした。半丁ほど離れた所に炭薪屋《すみまきや》があったので、そこで借りて戻ると、怪我をして蹲っていたはずの三人の武士がいつの間にか消えている。

「あの者らは……？」

どこへ消えたのかと訊くと、這うようにして逃げていったという。

男も無腰では止めることもできず、ただ見逃すしかなかったと弁解した。が、弦十郎もあの武士を問い詰めたところでどうすることもできないことはわかっている。それよりも、いまは下僕を医師のもとへ運ぶのが先だ。

二人で戸板に乗せると、弦十郎が前を、男が後ろを持ってゆっくり歩きだした。

男のくわい頭を見た了斎は案の定、素性を訊《たず》ねた。男は蘭方を学ぼうとしている者だが、医学の知識はほとんどないということを知ると、かえって足手まといになると観《み》たのか、ひとりで手術にとりかかった。

二人は別室で待つことになり、その間に弦十郎が男に訊いた。

「いったいどうなされた？」

が、男は顔を伏せて言葉を探している。

「なにゆえあの男たちに襲われていたのか、お聞かせ願いたいが？」

弦十郎がなおも訊くと、

「いきなり襲われて……」

そこまでしか口にしない。

が、それでは説いたことにはならぬ。

「わけもなく無腰の二人を襲うわけがありますまい。なにか仔細があってのことだと思われるが？」

弦十郎が執拗に問いただすと、男がやっと顔をあげた。

間近で観ると、眉目《びもく》涼しく、口許《くちもと》も引き締まって聡明そうな顔立ちだ。齢《とし》は二十代なかばというところだろうか。

男は、重い口を開いた。

「それがしは、奥州二本松丹羽《にわ》家浪人小沼富次郎《こぬまとみじろう》と申す者。斬られたのはそれがしの供をする中間《ちゅうげん》の六助《ろくすけ》でござる」

これに愕《おどろ》いたのは弦十郎である。浪人だというが、頭は医師のくわい頭だし、

「さきほどは蘭方を学ぶ者と申されたが？」

確かめたのは当然である。

すると、小沼富次郎なる男は唇を結んでから、

「いや、それも偽《いつわ》りではござらん。これから長崎へ行って蘭学を学ぼうとしておるところゆえ、さように申した次第」

なるほど、それなら浪人でもあり、蘭方医の卵でもある。

が、気がかりなのは襲われた理由だ。

「なにゆえあの三人に斬りつけられたのでござろうか？」

弦十郎が訊くと、

「それは……」

男は、やはり言い出しかねている。

「言えぬ事情がござるか？」

弦十郎が言ったのは、自分を納得させるためだったが、男はそれを詰問と勘違いしたものらしく、

「いや、さようなことは……」

とうろたえている。

「事情次第では、合力《ごうりき》してさしあげぬでもないが？」

着物を見ると埃《ほこり》っぽいし、着古して擦り切れている。下僕こそ連れているが、暮らしぶりが逼迫《ひっぱく》していることは瞭然としている。困窮《こんきゅう》している者を見棄てられないのが弦十郎の気象《きしょう》だから、ついそんなことを言ったのだ。

するとと伏目がちだった小沼富次郎が弦十郎の顔をまじまじと見て、

「合力してくださると言われるか？」

顔を寄せてきた。

「むろん……」

弦十郎も、言った以上はやむをえない。行きがかりということもあるし、ここはひとつ手をさしのべてみようと決めている。

富次郎は、視線を落としてしばし思案していたようだったが、やがて顔をあげて弦十郎を見つめてから口を開けた。

「では、仔細をお話しいたす。それがしは部屋住みの身でござったが、どうしても武芸になじめず、幼き頃より学問に励んでおり申した」

「それはよいことではござらぬか」

「ただの学問であればよかったのでござろうが、それがしが学ぼうとしていたのは蘭学でござる」

近時《きんじ》、蘭学を学ぶ者がふえていることは弦十郎も知っている。長崎では鳴滝塾《なるたきじゅく》が開かれたりして蘭学を学ぶ者がふえていると聞いているが、江戸ではまだまだ少ない。奥州の二本松では、なおのこと少ないだろう。そんな土地で、なにゆえ蘭学に興味を抱いたのかと訊くと、奥州水沢から出た高野長英《たかのちょうえい》が蘭学を学んだことがきっかけになったのだという。

が、二本松には蘭学を教えてくれる者もなく、長崎へでも行って学ぶしかないということもわかった。

「どうにかして長崎へ行きたいとひそかに念じていたところ、それを父に知られ……」

「どうなされた？」

「引止められたのでござる」

「なにゆえ？」

「父にとって武士とは武芸を嗜《たしな》む者であり、蘭学などという夷人《いじん》の学問をする者は武士ではないと……」

「ずいぶん、頭の堅い父御《ててご》でござるな」

「頑固一徹の父でござった……」

富次郎が切れ長の眼を伏せた。父の顔でも思い出しているのだろう。

「だが、なにゆえ……？」

こんな所にいるのだと、弦十郎が不審げに訊くと、浪人は頭《こうべ》を垂れながら言った。

「それがしは、どうでも蘭学を学びたい。が、父はどうでもやめさせたい。となれば、道はひとつしかございますまい」

弦十郎が思案の末に思いつき、

「致仕《ちし》、ということでござるか？」

探るように言った。つまり、藩に届けて退身《たいしん》することである。

「いかにも。それがしが致仕して長崎へ蘭学を学びに行くと告げたところ、中間の六助と下女のおすみが世話をさせてほしいとついてまいり……」

言いかけた富次郎に、

「下女も……？」

弦十郎がかぶせたのは、道中に下女が従っているのか、という問いだ。下僕が供をするのはわかるが、下女がついているというのは珍しい。

「その下女というのはどちらに？」

弦十郎が訊くと、

「ただいま、上野池之端《いけのはた》の旅宿に逗留中でござる。いまはおすみを残して所用をすませに出かけてきたところで……」

富次郎がせわしげに言った。

「旅宿にお泊りか？」

「二日前から逗留しており、明日にでも出立《しゅったつ》しようというところでござった」

「それにしても、律儀な下僕と下女がおるものでござるな」

弦十郎が値踏みするような視線を富次郎に這わせた。

「まことに律儀な者どもでござる」

照れたように富次郎は答えたが、弦十郎が言いたかったのは別のことだ。

「卒爾《そつじ》ながら、お手前は致仕した身、父御の反対を押しきって長崎へ向かおうという旅ゆえ、懐中もあまり豊かだとは思われませぬが？」

あまりに直截《ちょくせつ》な問いかけに、富次郎が渋面になった。が、弦十郎は執拗に訊く。

「さようなお手前について行くというのは、その二人にはなにか事情でもござるのか？」

　富次郎は横鬢《よこびん》を指で掻きながら、言葉を探しているようである。

「二人は幼き頃よりそれがしの世話をしてくれたため、それがしが家を出ると言うと、それならとついてきてくれたのでござる」

「それにしても、池之端の旅宿に泊まっていたお手前がたが、なにゆえ小石川のあのような道を歩いておられたのでござろうか？」

　それはだれしもが不審に思うところだ。

「それがしと六助は、小日向茗荷谷《こびなたみようがだに》の知るべを訪ねて旅宿へ戻るところでござった」

「江戸に知るべがおったのでござるか？」

「知るべと申しても、遠い縁戚ゆえ……」

「して、何用で？」

「それは……」

　富次郎が眉間を指先で掻いてから言った。

「長崎までの路銀《ろぎん》を借りにいったのでござる」

　弦十郎が案じた通りである。致仕して長崎へ向かっている三人づれだ。路銀もろくに持ち合わせていないのだろう。

「で、借りられたのでござるか？」

「それが……貸してはくれませなんだ」

であろうと、弦十郎も推察できた。親戚なら、富次郎が致仕したことは知っているだろうし、父親に背を向けて長崎へ向かっていることも、手紙などで知らされていたことだろう。そんな男に、金を貸す者はいないだろう。

「それは……」

弦十郎が声を落としたのは、貸してやろうにも金がないからだ。膝に視線を落としたまま、沈んだ声で言った。

「二人で帰るところを、運悪く二本松藩士に見つかったのでござる」

「それがあの連中でござるな？」

「連中はそれがしの出奔《しゅっぽん》を国で聞いておったようで、蘭学のために家を出たそれがしをからかっていたのでござる」

であれば、江戸にいる親戚も仔細を知っていたことは明らかである。

「だが、なにゆえ中間が斬られたのでござろう？」

斬るなら富次郎のほうだろうと疑って弦十郎が尋ねると、富次郎は顔をあげ、つきつめた口ぶりで話した。

「三人のうちのひとりが抜刀して、それがしに突きつけようとしたのでござる。刀を見るだけで、それがしが怖気《おじけ》づくだろうと思ったのでござろう。そのときに六助が止めに入り、ちょうどそこへ刀が突き出されて肩に刺さったのでござる。奴らも本気で斬るつもりではなかったのでござろうが……」

「本気ではなかったにせよ、怪我をするかもしれぬということはわかっておったはず」

弦十郎は憤然となっている。そんな弦十郎を宥《なだ》めるかのように、

「もののはずみということもござろう」

なぜか庇《かば》い立てしている。しかし、弦十郎はそれではおさまらない。

「相手が弱いと見るや、寄ってたかっていたぶろうとするあのような輩《やから》は許せぬ」

いまにもあの藩士たちを追わんばかりの弦十郎に、富次郎が、

「いえ、もうお構いくださるな」

ひきつった顔で制したのは、これ以上二本松藩とかかわりたくないという思いからだろう。それを察した弦十郎は、浮きかけた腰をおろして、鼻孔《びこう》を膨らませた。

膨らんだ鼻孔が元にもどると、

「だが、あの中間、あの傷では当分旅はなりませぬぞ」

向後《こうご》のことに噺《はなし》を移した。

「むろん、しばらくはここで養生せねばなりますまい」

「どうなさるおつもりか？」

「それがしが、内職でもなんでもして生計《たつき》を立てる所存でござる」

富次郎が決然たる面持ちになっている。

弦十郎も見棄ててはおけなくなって、

「しかし、旅宿に泊まっておっては金がかかりましょう。いかがでござろうか、手前の道場には部屋が余っておりますゆえ、三人で住まわれては？」

こうなると黙ってはいられない性分の弦十郎が、ついそう言ってしまった。

「いえ、それでは……」

遠慮する富次郎に、右手を振って、

「なに、道場と申しても荒れ寺のようなもの。お招きするこちらが恐縮するような所ゆえ……」

気軽にくるようにと弦十郎が薦《すす》めたが、富次郎はなおも固辞する。

そんな富次郎を見ているうちに、なんとしても道場に住まわせてやろうという気になってきた。

「蘭学を学びたいとのことでござるが、手前に少々心当たりがござる。江戸で路銀を稼ぐ間、その御仁《ごじん》に蘭学を学んでみればいかがでござろうか？」

そんなことまでが口をついたときは、さすがに弦十郎も自分の人の好さに呆れていた。

その言葉がよほど思いも寄らぬことであったのか、富次郎は弦十郎をまじまじと凝視している。

弦十郎が蘭学を学べばよいと薦めた「御仁」というのは、福井藩の橋本左内《はしもとさない》のことである。朋輩《ほうばい》の山路鉱之助《やまじこうのすけ》の噺によると、左内は福井藩の蘭方医だったと聞いている。であれば、富次郎に蘭学を教えてくれはすまいかと、図々しいことを考えていたのだ。

鉱之助から頼んでもらえば、なんとかなるかもしれないと思いついただけのことだが、富次郎はすっかりその気になっているようだ。

「もしさような方にお引き合わせしていただけるなら、それほどありがいことはございませぬが……」

富次郎の瞳《め》に、光るものが見えてきた。

「いや、教えてくれるかどうかはまだわからぬが、一応話してみようかと……」

弦十郎が過度の期待をせぬように念を入れたが、富次郎の眼にある光はますます輝いている。

——これは……。

よけいなことを言ったかと、弦十郎が臍《ほぞ》をかんでいると、手術を終えた了斎がきて、

「思ったより深手でしたな」

富次郎と弦十郎を交互に見ながら言った。

六助の傷はやはり深く、しばらくは安静にしておくしかないということだった。

「よそへ動かすことはできませぬか？」

弦十郎が訊いたのは、鴉《からす》道場こと柳花館《りゅうかかん》へ運ぶつもりでいたからだ。

「戸板に乗せて静かに運べばよろしかろうが、当分起きてはなりませんな」

了斎が厳命した。

「寝ておればよろしいのですね？」

「当分はな」

それを聞けば、富次郎にも否やはない。当面は江戸にいるしかないわけで、路銀どころか、まずは治療の費《つい》えと日々の暮らしにかかる銭を稼がねばならなくなった。こ

うなれば旅宿に泊まってはいられなくなったとわかったのだろう、

「では、お言葉に甘えまして……」

道場に泊めてもらいたいと願い出た。

了斎にすぐに六助を動かせるかどうか尋ね、許しを得てから道場へ運ぶことにした。

「では、さっそくまいりましょう」

弦十郎が言って、富次郎と二人で戸板に六助を乗せ、柳花館へと向かった。

二

道場に着くと、富次郎はいったん池之端の宿へ戻り、おすみを連れてくることになった。

道場の入り口で、富次郎の背に隠れるように立っていたおすみは、小柄な女で、つましい着物を身につけてはいるが、その顔だちには品がある。伏し目がちだが、時折り上目遣いに見る双眸《そうぼう》には、艶《つや》やかな色があった。口は小ぶりで、鼻梁《びりょう》が高い。

「おすみと申します」

声は澄んでいて、案外力強い。

下女というから日向臭《ひなたくさ》い、煤《すす》けたような顔の女を頭に描いていたら、このように品《しな》好《よ》い女があらわれて、弦十郎も戸惑いを隠せない。

そんな弦十郎に気づいたか、富次郎が、

「ご迷惑をおかけいたします」

挨拶をして、早く六助のもとへ行きたいと眼で訴えている。

「では、六助どのがお待ちゆえ……」

弦十郎が言って二人を案内したのは、道場脇の大部屋である。

柳花館の一番奥には道場主である柳斎の臥床《ふしど》があり、手前に弦十郎の居室がある。その手前がかつて門弟が寄宿していた大部屋である。いつでも門弟が泊まれるようになっているが、ごく少数の田舎からきた門弟は国から金を送ってくるらしく、近くの借家から通っている。柳花館に住み込むほどの物好きは、いまのところひとりもいないのだ。

富次郎たち三人には、当分その大部屋で起居してもらうことになった。

六助に会わせてから、しばらくゆっくりされるようにと言って去ろうとすると、

「お待ちを……」

富次郎が呼びとめてから、弦十郎に目配せして廊下へ導いた。

低い声で訊いたのは店賃《たなちん》のことだ。

「見ての通り、さようなものをとるような部屋ではござらん。さような金があったら、長崎への路銀に蓄《たくわ》えるがよろしかろう」

弦十郎が言うと、

「では、店賃がわりに道場の掃除でも薪割りでもなんでもいたします」

富次郎は、どうあってもただで泊めてもらうわけにはいかないと決めているようだ。そこまでこだわるのは、富次郎に矜持があるからだろう。それを無理やり押し込めるわけにもいかず、

「では、できるだけのことをしていただきましょう」

そう言って笑った。

肩を斬られた六助は当分動けそうもないから下女のおすみが働くしかないだろうが、そのかわりと富次郎が念を押した。

「手前どもは奥州からまいった者にて、江戸での作法はなにも存じません。おすみが粗相《そそう》をしても大目に見てやっていただきたいのです」

「さようなことは、ご懸念なく。かようなぼろ道場ゆえ、板の二枚や三枚はずれたと

ころでだれも気づきませぬよ」

弦十郎も、自分がやっていた水仕事や掃除などを、少しでも手伝ってもらえればと思っているだけだ。

「そう言っていただくと、こちらも気が休まります」

富次郎がそう言って安堵の色を顔に浮かべている。

おすみに掃除道具の場所を教え、富次郎には薪《たきぎ》の置き場を教えてから、弦十郎は奥の柳斎の臥床へ行った。

三人のことを知らせると、柳斎は上半身を起こしたまま、

「賑やかになってよいわ」

と言って屈託のない笑みを口許に浮かべている。寝たきりの毎日だから、たとえそばにこなくとも、道場内に声がするだけで気がまぎれるものらしい。

あくる日から、おすみと富次郎が食事の仕度、掃除、洗濯、畑仕事、それに薪割りと休む間もなく働くようになった。が、よく見ると、働いているのは富次郎のほうで、おすみはただおろおろと富次郎が働いているのを見ているだけだ。

下女なら早朝から起きて火をおこし、朝餉《あさげ》の仕度から掃除と忙しくしているはずな

のに、それをしているのは富次郎のほうで、おすみは見ているだけである。怠《なま》けようとしているのではなく、富次郎の動きの早さについていけない、という様子なのである。

二日が経ったが、おすみはまだ掃除や洗濯の段どりが悪い。そんなおすみに富次郎が教えている。いくら奥州からきたといっても、掃除や洗濯の仕方が違うわけではあるまいに、そこまで手取り足取りしなければならぬものかと、弦十郎もいささか呆《あき》れ果てていると、

「返事をいただいた」

鉱之助が道場へきて、弦十郎に言った。

道場で掃除をしていた富次郎とおすみを見ながら見所《けんぞ》へ向かったのは、いつもと違って掃除が行きとどいているからだ。

「あの二人が掃除をしておるのか?」

鉱之助には、富次郎たちのことを話してある。富次郎が蘭学を学びたいというから、左内に頼んでほしいと依頼していたのだ。

どうやらその返事を持ってきたらしい。

「引き受けるかどうかを決める前に、まず小沼どのに会ってみたいということらし

い」

「なるほど。それもそうだ。見も知らぬ者に教えるわけにはいかぬからな」

弦十郎も納得し、鉱之助が富次郎を連れていくことになった。弦十郎も、付き添いのような役でついていくことにした。

その日は弦十郎が朝のうちに清庵の家へ薬をとりに行くことになっていたから、まずその用件をすませ、鉱之助と富次郎とは安藤坂下の牛天神《うしてんじん》前で落ちあうことになった。

昨夜来の雨で道がぬかるんでいたため、三人の足取りは重い。が、それでも常盤橋《ときわばし》御門《ごもん》には半刻もかからずに着いた。

福井松平越前守上屋敷から常盤橋御門を渡って左へ折れると本石町《ほんごくちよう》、本銀町《ほんしろがねちよう》と続くが、竜閑橋《りゆうかん》の手前を右へ折れた所に「やしま」という小さな料亭がある。

橋本左内が江戸へきたときによく行く店で、静かな離れがあるため密会に適しているる。藩内の改革派と連絡《つなぎ》をつけるときには、たいていこの料亭を使うようしていたのだ。この日はその店で会合があるから、そのあとで会いたいということだった。

三人が料亭に入ると、奥の離れへ通された。

左内は、ひとりで待っていた。絽《ろ》の羽織りをつけて端然としている姿に、弦十郎たちは息を呑んだ。

このとき左内は二十五歳である。弦十郎や鉱之助より五歳年少であったが、その容姿から醸《かも》し出される雰囲気からすると、一回りも年長に見えた。刷毛《はけ》で撫でたように伸びた眉と切れ長の眼、高い鼻梁、強く結ばれた唇は、知性と意志の強さを感じさせる。

橋本左内は、天保五年三月越前福井の藩医橋本長綱の長男として生まれた。嘉永《かえい》二年、大坂の適塾で緒方洪庵《おがたこうあん》に蘭学を学んだあと、安政元年には江戸に遊学し、翌安政二年七月にはいったん福井へ帰国、十月には藩医から御書院番へと異例の抜擢をされた。十一月には再度江戸へ向かい、江戸藩邸の長屋に起居しつつ、藤田東湖《ふじたとうこ》や西郷吉之助《さいごうきちのすけ》らと交流する。福井藩の一蘭方医だった左内が、この頃には国事に身を委ねるようになっていたのである。

左内はみるみる頭角をあらわし、安政三年五月には福井藩校明道館《めいどうかん》の蘭学掛《かかり》として招聘《しょうへい》され、藩士に蘭学を教えるようになる。左内の評判は、重臣たちから藩主松平慶永《よしなが》（春嶽《しゅんがく》）の耳に入るようになり、慶永の侍読《じどく》兼御内用掛《ごないようがかり》として側《そば》に仕えることになった。安政四年八月、左内は江戸屋敷にいる慶永のもとへ呼ばれ、慶永を輔佐し、将軍継嗣《けいし》問題に挺身《ていしん》するのだ。

鉱之助が挨拶し、弦十郎と富次郎を引き合わせると、それぞれに笑みを向けた。唇をわずかに開いただけだが、弦十郎には笑みと見えたのだ。

「蘭学を学びたいというのはお手前でござるか？」

左内に問われ、富次郎が硬い表情で首肯すると、

「奥州二本松、丹羽家の御家中だと伺いましたが？」

「ゆえあって、致仕いたしました」

が、左内はその事情には触れない。そんなところにも、弦十郎は度量の大きさを読んだ。

ふとしたことから弦十郎に会い、左内が教えてくれると聞いて、こうしてお願いにあがったのだと、富次郎は言葉を選びながら訥々《とつとつ》と語った。

左内は瞬時迷ったようであったが、軽くしわぶきをしてから、

「常盤橋御門の屋敷まで通ってきていただけましょうか？」

左内は上屋敷内にある組屋敷に住んでいる。その屋敷で教授しようというのである。もちろん富次郎に不足はない。承知した旨伝えると、

「では……」

と言って、毎朝巳《み》の刻（午前十時）から教える、ということになった。蘭学の書籍

も左内が貸与《たいよ》してくれることになり、富次郎は歓びを隠しきれない。

左内と料亭で別れて、弦十郎、鉱之助、富次郎の三人で歩みつつ、

「なるほど、できた御仁だな」

弦十郎が鉱之助に言うと、

「わしも、まさか請《う》けてくださろうとは思わなんだ」

鉱之助の噺によると、この時期、左内は多忙を極めており、人生の岐路に立っていたという。にもかかわらず、ほとんど縁のない富次郎に蘭学を教えようというのだから、よほどの器であろうと、弦十郎も感心していた。

後ろから歩いてくる富次郎に聞こえぬように声を低くし、

「小浜藩《おばま》を味方に引き入れんがために請けたのであろうか？」

鉱之助が言った。

「おぬしに貸しを作っておき、小浜藩を橋本どのの一派につけようというのか？」

弦十郎も、半信半疑で低く言った。

「もしそうだとすると、わしも大物になったということだな」

鉱之助が含み笑いをして袖に両手を入れた。むろんふざけているのである。

おぬしが大物ということはあるまいと弦十郎が言いかけたとき、

「小浜藩主は古来公儀で要職を務めてきたことから、お家の趨勢《すうせい》は幕府に傾いている……」

鉱之助が語ったのはこういうことだ。享保三年、五代藩主酒井《さかい》忠音《ただおと》が吉宗に認められて寺社奉行に登用され、のち老中に抜擢された。十代忠進《ただゆき》も老中を務め、いまの十二代忠義《ただあき》も天保十四年から嘉永三年まで京都所司代に任じられていた。いったんはその職を辞していたが、この年（安政五年六月）幕府から京都所司代に再任されたのである。

井伊《いい》直弼《なおすけ》が大老に就任した際、攘夷派を押さえこむ使命を果たすようにと任じられたのだった。藩主がそういう職責を担っている以上、小浜藩としても公儀を支えていかざるをえない立場にあった。

そんな家中で、原島源五右衛門《はらしまげんごえもん》留守居役ら一部の重臣を中心に、藩命に反する動きを見せているのが鉱之助たちの一派なのだ。鉱之助はただの留守居役輔佐だが、それでも小浜藩の中では異端とみなされているため、橋本左内のように幕府のやり方を批判する一派から味方とみなされても不思議ではないのだ。

鉱之助は自慢げにそう言うが、弦十郎には危なっかしく見えるだけだ。鉱之助もいつだれに狙われるかわからない。できればこういう活動から身を引いてもらいたいと、老婆心から思う弦十郎だが、鉱之助はもう弦十郎の言葉が耳に入らなくなっているほど遠くへ行っている。

「異国船があらわれた以上、これからは小浜さえよければいいという時代ではなくなってくる。日本の将来を見据えた上で動かねばならぬと信じておる。おぬしもそうは思わぬか?」

熱く語る鉱之助の顔は、紅潮している。

弦十郎はどう答えてよいか戸惑い、

「だが、あまり危ないことは……」

すべきではないと諭《さと》すように言いかけたとき、忘れ物に気づいた。

橋本左内と会った料亭「やしま」に、師柳斎の薬を置いてきたのだ。

そう言うと、まだ話し足りないのか、鉱之助は、「明日、だれかにとりに行かせよう」と言う。が、弦十郎は富次郎に先に帰るように言って、料亭へと戻った。

辻を曲がればもう料亭「やしま」だというところで、弦十郎の足が止まった。

前方に異様な空気を感じたのである。

見ると、一丁ほど先の河岸で二人の男が対峙している。二人とも抜刀しているのが、大刀が発する光でわかった。

その光を眼にした弦十郎は、すぐさま駆け出した。二人に近づいていくうちに、ひとりが先ほど会ったばかりの橋本左内だと見てとれた。

左内が何者かに暗殺されようとしているのだ。

とわかるや、弦十郎はなおのこと急《せ》いた。

「橋本どのっ！」

足の運びももどかしく、声が出てしまった。

その声に、暗殺者は振り向いた。

顔は見えなかったが、弦十郎は男に向かって叫んだ。

「待てっ！」

その声と駆け寄る弦十郎を見て恐れをなしたか、男は大刀をぶら下げたまま逃げ出した。

弦十郎がたどり着くと、左内はまだ正眼に構えたまま、すでに逃げ去った相手がいたほうへ向いている。

「ご無事でござるか？」

弦十郎が、弾む息の間に、なんとか問いかけた。が、左内は茫然となって視線も定まらない。恐怖の余り、我を喪《うしな》っているものと見える。

福井藩の藩医だった男だ。おそらく真剣など抜いたことがないであろう。初めて真剣を抜いたときの昂《たかぶ》りは、弦十郎も知っている。左内が動揺しているのも解った。

もう一度呼びかけると、やっと弦十郎に気づき、

「ああ、お手前は……」

洩れるような細い声で言った。

料亭の離れでは堂々としていた左内が、いまは蒼ざめた顔で、手も震えている。刀を納めようと剣先を鯉口に近づけているのだが、それができない。真剣を扱い慣れていないせいだろう。

これでは左手を傷つけてしまうと観た弦十郎が、左内の刀をとり、代わりに鞘におさめてやった。

それでもまだ左内の手は小刻みに震えているし、顔にはまだ朱《あか》みが戻ってこない。

「お気を確かに……」

弦十郎が活を入れるかのように鋭く言うと、左内もなんとか気をとりなおしたものらしく、次第に視線も定まって、

「面目ござりませぬ」

恥じ入る気にもなってきたようである。

「あれは何者でござるか？」

弦十郎が問うと、

「見たこともない男でござった」

左内は唇を噛んで、悔しげに言った。

鉱之助の噺によると、左内は福井藩の中でも突出した改革派であり、守旧派から憎まれているということだ。その守旧派が、暗殺の手を廻してきたのかもしれぬ。が、襲撃者のことはいずれ左内が探ることだろう。

「御屋敷までお送りいたしましょう」

弦十郎が言うと、左内は遠慮したが、あの男がまだどこかに潜んでいるかもしれない。そう懸念した弦十郎が、左内の遠慮を無視し、引っ張るようにして常盤橋御門の福井藩上屋敷へ送っていった。

屋敷の門前に着いた頃には、左内もすっかり我に返っていた。

「ご造作をおかけしました」

そう言って頭を下げ、再びあげた顔は料亭の離れで見た聡明な表情に戻っていた。

左内が潜り戸に消えたのを確かめてから、弦十郎は上屋敷をあとにした。

三

七夕祭の前日には、例年江戸市中の屋根に短冊竹が立てられる。色紙や酸漿《ほおずき》を数珠《じゆず》のようにつなげたり、紙で作った吹流しや西瓜《すいか》、太鼓、算盤《そろばん》などの短冊を竹に結んで屋根に立てるのだ。七月七日の夕《ゆうべ》までには屋根からおろされて川に流されるから、一日だけしか見られぬ光景だが、その儚《はかな》さが江戸の人々には馴染んだらしい。

小石川金杉水道町《かなすぎすいどうちよう》にある柳花館でも、七月六日には稽古のあとで幼い門弟が色紙を書き、屋根に短冊竹を立てるのが慣わしになっていた。弦十郎が門弟たちと屋根にあがると、周辺では屋根を埋め尽くさんばかりに短冊竹が連なっている。そんな光景を見ると、江戸の町はいつまでも平安のうちにあると思われたが、屋根を降りた弦十郎を待っていたのは、苦い現実を携えてきた鉱之助であった。

「七夕とは、気楽なものだな」

梯子から降りてきた弦十郎の背に、鉱之助が渋面で言葉を投げた。

が、弦十郎は、その言葉が肩にかかった雲脂《ふけ》のようにしか感じられず、

「おぬしもなにか短冊に……」

書くかと言って笑っている。鉱之助は嘆息し、ついてこいとばかりに道場へあがった。

いつものように見所の前に座りこんだ鉱之助が、弦十郎が胡坐《あぐら》をかくのを待って、

「七夕どころではないぞ」

弦十郎に顔を近づけて、脅すように低く言った。

なんのことだと弦十郎が訊くと、

「春嶽公のことだ……」

仏頂面で答えたのは、越前福井藩主松平慶永《よしなが》のことである。

「なにがあった？」

「春嶽公が隠居急度慎《きっとつつし》みということになった」

「なにゆえだ？」

弦十郎が瞠目《どうもく》した。

「春嶽公が烈公や慶恕《よしくみ》公、慶篤《よしあつ》公と江戸城へ押しかけたであろう？」

「将軍継嗣の一件で、大老に文句を言いに行った件だな？」

「そればかりではない。さる六月十九日、井伊大老が勝手に亜米利加《あめりか》と条約を結んだことにも異議を唱えたのだ」

「そのことで処罰されたのか？」

春嶽が、列公こと水戸斉昭、尾張藩主徳川慶恕、水戸藩主徳川慶篤と江戸城へ押しかけ、井伊直弼に面会を求めたのは、安政五年六月二十四日のことである。表向きは、十九日に井伊大老が日米修好通商条約を締結したことに抗議するためであった。井伊大老が、朝廷に無断で条約を結んだことは許せないというのだが、そればかりではない、この数ヵ月の井伊直弼の専横に釘をさすためでもあった。

井伊直弼が大老に就任したのは二月《ふたつき》前の四月二十三日である。就任早々、井伊は川《かわ》路聖謨《じとしあきら》ら政敵をことごとく要職から追い払い、自在に政事《せいじ》を運べるようにした。それからひと月余りで、懸案だった外国との条約を強引に締結してしまったのである。

条約締結については、朝廷の勅許《ちよつきよ》を得てから、という考えが当時の定説であった。にもかかわらず、井伊大老が独断専行して条約を結んだため、水戸斉昭ら攘夷派諸侯が不時登城に及んだのである。このことが井伊大老を硬化させ、厳罰が下ることになったのだ。

「それに……」と鉱之助が重ねた。「不時登城のあくる日、大老は将軍継嗣問題に決着をつけ、次の将軍を慶福《よしとみ》公に決めてしまったのだ」

「それでは、あてつけではないか」

不時登城した水戸斉昭らは、いずれも一橋慶喜を次期将軍に推していた。が、井伊大老が推していたのは紀州藩主慶福である。両者は互いに譲らぬまま、幾月かを経ていたのだ。この将軍継嗣問題に決着をつけたのは、皮肉にも不時登城であった。井伊直弼は、斉昭らの不時登城を幕府への挑戦とみなし、それならばと強行路線に踏み切ったのである。

「福井では大騒動であろうな」

弦十郎が福井藩のことを尋ねたのは、橋本左内のことが頭にあったからだ。

「さ、そのことだ」

鉱之助が身を乗り出して話した。この処分が下された翌七月六日、福井藩江戸屋敷では、春嶽が橋本左内、中根《なかね》雪江《ゆきえ》、平本平学《ひらもとへいがく》ら主だった側近を集め、隠居して福井藩主に分家の糸井川藩主松平直廉《なおきよ》（茂昭《もちあき》）を指名したという噺である。春嶽は、これを機に政事の舞台から身を引く覚悟を決めたのである。

「このとき、橋本どのは自害しようとしたが、春嶽公に制されたらしい」

顔をしかめて鉱之助が言った。

「自害とはまた……」

弦十郎には大仰なことだと思われたのである。が、鉱之助は、

「主君の春嶽公が隠居急度慎みということになれば、やむをえまい」

橋本左内の胸中が解ると言う。

このあたりが、一介の剣術使いである弦十郎と小浜藩士の鉱之助との違いである。

「だが、福井藩も無事にはすむまい。春嶽公が身を引けば、橋本どのたち改革派は命脈を絶たれたも同然。さすれば、これまで押されていた保守派が息を吹き返すことだろう」

「橋本どのも失脚することになるのか？」

「そういうことになるだろう」

「これから、というところだったのにな」

弦十郎が言ったのは、左内の将来のことだったが、もちろん富次郎のことも頭にあった。左内が窮地に立たされれば、富次郎に蘭学を教える暇などできるわけがないのだ。

左内は、隣藩である小浜藩にも慶喜擁立と開国論を説いていたのだが、小浜藩江戸屋敷の原島留守居役らも説き伏せていた。

左内は齢《よわい》二十五という若さでありながら、弁舌巧みで、会った者はことごとく魅了された。鉱之助もまた、左内の才気に惚れ込んだ。

が、その左内も今度の一件ではいよいよ追い詰められた。主君慶永が隠居急度慎みという処罰を受けてしまった以上、もはやなす術《すべ》がない。なんとか春嶽に掣肘《せいちゅう》されて自害だけはとどまったが、なにをする気にもなれず、江戸屋敷にこもっているという。

「国事に奔走するというのも、容易なことではないな」

弦十郎が屈託なげに言うのを聞いて、鉱之助が憮然となり、

「他人事ではない。わが小浜藩でも似たようなことが起こっておるのだ」

「それは？」

「橋本どのに説かれて目覚めていた改革派と攘夷派が、一触即発という事態になっておるのだ。あるいは斬りあうことになるやもしれぬ。いや、国から藩士を送り込んでくるという噂もある」

「なにゆえ？」

「橋本どのと通じ合っている一派を抹殺しようというのだ」

「暗殺しようというのか？」

「いかにも。国で名うての剣客を集めて送り込んでくるそうだが、その中に室崎覚蔵《むろさきかくぞう》という町道場の師範代がいるそうだ」

「それは……？」

「小浜一の剣客だという噂だ。上方にも名が聞こえているほどの腕らしい」

「その男が江戸へくるというのか？」

「という噂だ。となれば容易ならざることになる」

鉱之助が弦十郎を睨みつけた。その燃えたぎるような眼差しに、弦十郎も言葉を喪《うしな》った。

「そこでだ……」と鉱之助が低い声をなおのこと低くした。「おぬしに頼みがある」

「警固をせよ、ということだな？」

弦十郎が先んじて言うと、

「察しがよいな」

「だが……」

弦十郎が断りの口実を探していると、

「室崎覚蔵に立ち向かえるのは、おぬししかおらんのだ」

そんなことを言って、鉱之助はまじまじと弦十郎を見ている。

逡巡している弦十郎に、

「礼はする。大枚を用意させるゆえ……」

鉱之助は頭を低くし、上目遣いで弦十郎を見た。

弦十郎ももう諦めて、承諾し、

「原島どのを警固すればよいのだな？」

いつもの警固をすればよいのかと確かめたが、鉱之助はかぶりを振り、

「いや、こたびは江戸屋敷奉行を警固してもらいたい」

耳慣れぬ名を口にした。

「江戸屋敷奉行……？」

「室崎たちの狙いは、江戸屋敷奉行の西塚象一郎《しょういちろう》さまと観ておる」

鉱之助の眼は、炯々《けいけい》と光っている。刺客が狙うとすれば、江戸の改革派を主導している江戸屋敷奉行の西塚に違いないと鉱之助は言うのだ。

弦十郎にとって、警固するのが留守居役であろうと江戸屋敷奉行であろうと大差はないが、ひとつだけ頼みがあると、鉱之助に申し出た。

それは着物のことだ。前に原島留守居役を警固したときは、鉱之助から羽織袴を借りたのだが、あのときは不便で仕方がなかった。はきなれない羽織袴のおかげで自在に動けなくなり、いつものような足運びができなかったのだ。

「あれでは力が出しきれぬ。こたびは稽古着と木剣で警固させてもらいたい」

と申し出たのだ。弦十郎は稽古着のまま暮らしている。外出の折りも、大刀を帯することもなく、木剣をぶらさげているだけだ。そのほうが弦十郎には動きやすいのだ。

以前は鉱之助に羽織袴と両刀を借り、ぎこちない格好で警固をしたこともある。小浜藩という大名家の駕籠を警固するのだから、それなりの身なりでやってもらわなくては困るというからだ。

だが、そのような姿になると、どうしても動きにくくなる。いつものようには動けないため、一瞬の遅れを生じる。これまではなんとかなったが、これから強敵と相対することになったときは、そのわずかの遅れが致命傷になる。その一瞬に左右されないためにも、稽古着に木剣という格好にこだわりたい。

だから、今度の警固はいつもの姿でやらせてほしいと言うと、鉱之助はしばし思案したあと、眉間を曇らせたままうなずいた。うなずきながら、

「やむをえんが、くれぐれも気をつけろよ。室崎を侮ってはならぬ」

そう言ったときは、眼眸《がんぼう》に剣呑《けんのん》な光があった。

西塚江戸屋敷奉行が他出《たしゅつ》の折りに使いをよこす、という段取りを決めて鉱之助は去った。

四

春嶽が表舞台から身を引くと、左内も屋敷にとじこもり、これを機にしばらく遠ざかっていた学問に再び取り組むことになった。むろん蘭学にも身を入れている。富次郎にも、これまで以上に熱心に蘭学を教えるようになった。

中間の六助はまだ臥せったままだが、おすみはやっと仕事に慣れてきて、六助の分まで働いていた。道場の掃除、水仕事では足りぬと、弦十郎に下女奉公の口を探してほしいと頼んできた。

弦十郎も、門弟の両親などにあたって探してみたが、見つからない。そもそも奉公口そのものがないのである。

ひとつには、この頃から流行《はや》り始めたコレラが人の出入りを鈍くさせていた。

安政五年七月、江戸にコレラが蔓延《まんえん》した。浅草では数十人が感染し、すでに十数名が死んだという噂も聞こえてきた。

蘭学を学ぶのはこれからで、まだ素人同然だとは言うが、弦十郎たちよりは医学の知識がある富次郎からも忠告があった。柳花館では、稽古のあと井戸水をかぶり、それを飲むのが常であったが、真夏でも生水は飲まぬようにと門弟たちに命じ、弦十郎みずから率先して一度沸かした井戸水を飲むようにした。

おすみに頼んで、道場の掃除も念入りにしてもらった。が、門弟の親は人の多い所へ出入りするのは危険だと、門弟たちを休ませるようになり、柳花館は閑散としてきた。

心配なのは柳斎である。体力のない病人にはコレラも感染しやすい。富次郎も、柳斎のことは殊更《ことさら》に気を遣い、

「あの部屋には、しばらく出入りせぬほうがよろしかろう」

と、弦十郎までも遠ざけた。念には念を入れてコレラから護ろうというのだ。

八月に入るとコレラは猛威をふるい、江戸では毎日のように死者が出た。安政五年のこのコレラ騒ぎは、結局九月末まで続き、江戸だけでおよそ三万人が死亡した。

だが、その騒ぎの中でも、富次郎は一日も休むことなく左内の元へ通い、蘭学を学んだ。

柳花館の朝稽古が終わった頃に、富次郎は風呂敷に蘭本を包んで常盤橋御門へ向かった。

弦十郎の足なら四半刻で行けるが、富次郎は健脚とは言えないし、休み休み歩くか

ら半刻もかかるらしい。おまけに時期は盛夏だ。じっとしているだけで汗が噴き出す季節に、往復一刻もかかる所まで、休まず通っているのだから、

――これは本気だな……。

弦十郎も、富次郎の蘭学への思いが、なまなかなものではないと感じ入った。

夏も盛りを過ぎた頃、中間の六助が死んだ。

肩の傷で躰が弱っていたところへコレラが襲ってきたため、赤子同然の体力しかなかった六助は、あっけなく息をひきとったのだ。

弦十郎が茶毘《だび》に付したが、さすがに富次郎も落胆を隠せず、三日間左内のもとへ通うのをやめた。

六助が養生していた間は三人で道場の大部屋に寝泊りしていたが、それは夜中におすみが六助を手当てするためでもあった。が、六助が死んだいまとなっては富次郎とおすみが同じ部屋に寝泊りするのは不都合ではなかろうかと、弦十郎にしては珍しくそんなことに気を廻し、使っていない離れがあるから、そこを掃除してどちらかが住めばどうかと申し出た。が、富次郎は気遣いすることはないと断り、おすみと二人で寝泊りしていた。

男女のことには疎《うと》い弦十郎だが、それで二人がわりない仲になっていることを知った。

富次郎が道場にいるとき、

「おすみどのとのことでござるが……」

弦十郎がそう言っただけで、富次郎も勘づいたらしく、

「お話ししておきたいことがござる」

と座りなおし、神妙に言った。

「なにか……」

弦十郎も構える。

「実は、おすみは下女ではござらぬ。名前もおすみではなく、澄江《すみえ》と申す」

「やはり……」

弦十郎も、薄々察していたのだ。道場へきたとき、おすみは掃除の仕方すらわからず、なにもかも富次郎に教えてもらっていた。そんな下女がいるわけがないと、弦十郎も気づいていたのだ。が、あえてそのことを問いつめなかった。そうすれば、富次郎を傷つけるような気がしたからだった。

「おすみ、いや澄江は二本松藩家臣牧野敦之《あつゆき》どのの次女でござる」

「やはり武家のご息女でござったか……」

掃除などができないことといい、所作のおっとりしたところ、それになにより顔立ちから、武家の子女だと言われても愕きはしなかった。

だが、なにゆえそのような嘘をついたのか、それを訊ねると、

「追われる身ゆえ、隠さざるをえなかったのでござる」

富次郎が眼を伏せた。

「追われておると言われたか？」

弦十郎が一歩近づいたのは、富次郎の声が低くなっていたからである。

「それがしと澄江は、三年前に祝言《しゅうげん》の約束をかわしておったが、ゆえあってそれがかなわぬこととなったのでござる」

「なにゆえに？」

「殿から澄江を側室にと……」

「許婚《いいなずけ》の澄江どのが呼ばれたのでござるか？」

「いかにも」

富次郎は憮然となっている。

藩主が側室を指名するとき、女のほうにどのような事情があるかなど斟酌《しんしゃく》してくれ

ない。たまたま駕籠《かご》の中から見て気に入ったとか、美人という噂があるなどということから、側室に指名されることもある。

「しかし、それがしと澄江はもはや離れられぬ身。たとえ殿の下知《げじ》であろうと、こればかりは従えませぬ」

「それで出奔なされたのか?」

「はい」

「では、蘭学を学ぶため長崎へ行く途中だというのは?」

嘘だったのかと弦十郎が訊くと、

「いや、それはまことでござる。蘭方医になりたいというのは嘘ではござらん」

富次郎が強く答えた。

「では、あのときの三人は?」

「二本松藩士という三人は何者なのか、弦十郎が訊いた。

「二本松からわれらを追ってきた者にござる」

「なにゆえわかるのでござる?」

「訛《なま》りがござった」

「なるほど。それで……」

腑に落ちることが、いまになって出てきた。あの三人は、富次郎を捕らえて二本松まで連れ去ろうとしていたに違いない。

「で、どうなさるおつもりか？」

富次郎が弦十郎を見据えたまま訊いた。

「なにが、でござる？」

「事情を知った以上、われらをここに置いておくわけにはまいりますまい」

追われる者をかくまうことになるのだから、弦十郎にも身の危険が迫るやもしれぬ。そのことを富次郎は言っているのだ。が、弦十郎は平然としている。

「事情がなんであれ、お泊りいただいておる人を追い出すようなことはいたさぬ」

「と言われると？」

「むろん、このままお泊りいただく」

「まことでござるか？」

感に堪えない富次郎に、弦十郎が訊いた。

「なにゆえさように愕かれるのかわかりませぬが？」

弦十郎が怪訝そうに富次郎を見ながら言った。

「祝言をあげればよろしかろう」

富次郎がなんのことかと訝しげに弦十郎を見ていると、

「もともと、祝言をあげるつもりだったのでござろう？」

「それは……」

「では、祝言をあげられてはいかがか？」

弦十郎が薦《すす》めると、富次郎が視線を足元に落とした。

「いまはさような金もなく、無理でござるが、いずれゆとりができれば……」

それで噺を区切ろうとしたが、弦十郎は物事を曖昧なままにはしておけぬ質《たち》である。

「いかがでござろうか、この道場で祝言をあげられては？」

という案を出すと、思いもよらぬことだったのだろう、富次郎は弦十郎の顔を正気かとばかりまじまじ見ている。

「祝言などは形だけのもの。やろうがやるまいが同じことだと思われるが、おすみどの、いや澄江どのは喜ばれるであろう。立派な祝言をするからと幾年も待たされるより、いかに簡素なものであれ、すぐにあげたほうが歓ぶは必定《ひつじょう》。おなごとは、そうしたものではござらぬか？」

祝言をあげたこともなく、ろくにおなごとつきあったこともない弦十郎がそんなことを言った。鉱之助が聞けば失笑するに違いないが、いまこの場に鉱之助はいない。
富次郎も弦十郎のその言葉に納得し、三日後に道場で祝言をあげることになった。
三日後の午下がり、鉱之助はもちろん、師の柳斎までもが病身をおして道場までき
て、二人のささやかな婚礼をあげた。
着物も普段着で、角隠《つのかく》しもなにもないが、ありあわせの材料で料理を作り、酒だけ
は一升ほど買ってきて、皆で飲んだ。
照れくさそうにしている富次郎の横で、伏目がちだった澄江の双眸に、泪《なみだ》が光って
いるのを弦十郎は見逃さなかった。

五

平安のひと月が経った秋の午過ぎ、弦十郎が廊下から富次郎に声をかけた。
富次郎が橋本左内に蘭学を学びに行くのは朝の内だし、とうに帰っているものだと
思って障子越しに呼んだのだが、返ってきたのは澄江の声で、声が届くと同時に障子
が開いて丸い顔が弦十郎の前にあらわれた。
富次郎はどうしたのかと訊くと、

「今日は遅くなるということでございます」

「なにゆえに？」

「橋本さまに夕餉をご馳走になるとかで」

「ふうむ、珍しいこともあるものだ」

弦十郎が首をかしげると、

「いえ、近頃はそういうことがよくあるのでございます」

澄江は頰を膨らませている。その顔がまた、なんとも愛くるしいのだ。

「いつ頃からですかな？」

「はい、十日ほど前から幾度か……」

「そういえば、夜遅くに一度、裏木戸から帰ってこられたことがありましたな」

「あれほど遅くはならなくても、日が暮れてから帰ることがふえてまいりました。通い始めた頃は、昼の八ツには必ず帰ってまいりましたのに……」

そう言った澄江が、恨めしそうに道場の門のほうを見た。二人が正式に夫婦《みょうと》となったのはついひと月前だ。まだ夫婦になったばかりだというのに、二人で夕餉を食べるのもままならないというのだから、澄江が頰を膨らませるのもわからないでもない。

「富次郎どのは、橋本どのに気に入られたのやもしれませぬな」

弦十郎はそう言ったが、内心では忸怩《じくじ》たる思いがある。富次郎は蘭学を学ぶために福井藩邸に出入りしている。が、蘭学という学問の中には開国思想というものが含まれている。蘭学を学ぶということは、開国思想を学ぶということにほかならないのだ。

蘭学を学んでいるうちに、いつの間にか左内の開国思想に影響され、攘夷派と対立するようなことになっているのではないか？　親兄弟でもないのに、そんな心配までするのは、弦十郎が左内に会わせたといういきさつがあるからだ。

――まさか……。

富次郎が攘夷派と開国派の闘争にまきこまれているのではないかと、そんなことまで危惧しているのだ。

左内の開国論のことなど知らないはずの澄江が、

「いったい、なにを学んでいるのでしょうか？」

と訝しんでいるのは、妻の勘というものだろう。夫の危機を肌で感じる力が、新妻にはあるのかもしれない。

左内が福井藩内でどういう位置を占めているか澄江が知る由もないが、もし知ればいまの層倍不安になることは間違いないし、それだけはひた隠しにしようと肝に銘じる弦十郎である。

「心配することはありますまい」

弦十郎は笑ったつもりでいたが、顔はこわばっている。澄江に見透かされてはいまいかとびくびくしていた。

「さようでございましょうか。それならばよろしいのですが」

そう言って澄江が夕餉の仕度に向かい、弦十郎は部屋に戻った。

あくる日、珍しく八ツ過ぎに帰ってきた富次郎に、弦十郎が、

「たまには澄江どのを遊山《ゆさん》にでも連れていかれては？」

と薦めた。富次郎は毎日常盤橋御門まで通っているからいいが、澄江は柳花館の外へ出ることはめったにない。ほとんど終日柳花館にいて、富次郎の帰りを待っているのだ。たまには二人で外へ出たいだろうと推察したのである。

弦十郎の勧めで久しぶりに浅草へ行くことになり、二人が柳花館を出たのは夕七ツ(午後四時)の前である。

水戸藩上屋敷の裏を通って行けば、浅草まではほんの四半刻だ。不忍池《しのばずのいけ》の畔《ほとり》に着くと、二人は池を眺めながら歩いた。このまま日が暮れなければいいのにと、澄江は富

次郎の横顔を見て歩いている。と、そのとき、

「おいっ」

背後から声がした。その声を耳にした澄江は、背筋に寒気が走るのを感じた。女の勘というものであろうか、躰が危難を察知したのである。

声をかけたのは二人の武士だ。富次郎の頭に、瞬間、記憶が蘇った。

ひとりは痩せて眼が落ち窪んだ男で、もうひとりは眉の濃い膂力《りよりよく》のありそうな男だ。忘れもせぬ、小石川で六助を斬った男たちだ。あのときはもうひとり、赭ら顔の男がいたが、いまはいない。

「二本松藩の……」

富次郎が声を洩らし、澄江が躰を凍りつかせた。

――これがあの……。

六助を斬った二本松藩士だと、富次郎の蒼くなった横顔を見ただけでわかったのだろう。

「探しておったぞ」

げじげじ眉の男が、薄笑いを浮かべている。弦十郎の姿もなく、富次郎と澄江の二人だけだから、苦もなく捕らえられると思ったのだろう。

「飛んで火に入る夏の虫とは、このことだな」

痩せた男が舌を舐《な》めつつ言った。この男、弦十郎の木剣で腕を折ったはずだが、もう治ったらしい。

「二人とも、ちょっとそこまできてもらいたい」

げじげじ眉の男が、富次郎の肩を摑んで言った。頼みこむように言いはしたが、肩に置いた手には力がこめられて、有無を言わさぬ、という構えになっている。

「なにをなさいます？」

短く叫んだのは澄江である。このままではなにが起こるかわからないと、本能が教えたのであろう。だが、げじげじ眉の力は尋常ではなく、富次郎もろとも澄江も引き摺られていく。

不忍池の畔にある木陰に入ると灌木《かんぼく》のようなものに囲まれて、だれがいるかはわからない。叫べばだれかが気づくかもしれないが、

「声を出すとこれだ」

げじげじ眉の男が刀の柄《つか》を指差しているため、澄江もそこまでのことはできない。刀を抜かれでもしたらどうなるかは澄江にもわかる。

灌木に囲まれて人目が届かなくなったためか、二人の藩士は落ち着きはらってい

る。

「これから藩邸へきてもらう。わけは承知しておろうな？」

「なんのことか？」

富次郎が知らぬふりを通そうとしたが、

「この期に及んでまだしらばっくれるか？」

痩せたほうが冷ややかな笑いを口許に浮かべつつ言った。

「しかし、手前どもはなにも……」

「おぬしは小沼富次郎、そしてこのおなごは牧野澄江だ。そこまで言っても、まだしらを切るつもりか？」

案の通り二人は二本松から二人を追ってきた家臣だった。こうなれば、もう富次郎も諦めるしかない。

「それがしをどうするつもりだ？」

富次郎が澄江をかばうように前に出ると、げじげじ眉の男が薄ら笑いを浮かべながら言った。

「二本松へ連れ帰るように命じられておる。が、ときと場合によっては始末してよいとも言われておる。黙って二本松藩邸へくるか、それとも抗ってここで斬り捨てられるか、いずれを選ぶか好きにいたせ」

げじげじ眉の笑いにつられて、痩せた男もわざとらしく笑っている。

「おぬしは、それがしがなにゆえ逃げておるか承知しておるのだな？」

富次郎が確かめると、

「むろんのこと。上意にそむいてこの女と出奔《しゅっぽん》したのだ」

痩せた男が歯茎をむきだしにして言った。

「上意とはなんだ？」

富次郎が問い詰めると、痩せた男も口ごもり、

「それは……」

それ以上のことは言えない。許婚がいた澄江を側室にするという下知だということを知っているからこそ口ごもったのだ。口ごもった自分に腹を立てたのか、いきなり、

「おぬし、上意をないがしろにするつもりか？」

痩せた男がいきりたった。

「まともな上意になら従うが、かようなものには……」

言いかけた富次郎に、

「言うなっ」

げじげじ眉が怒鳴った。突然、胸中に怒りが盛りあがったらしい。

「しかし……」

なおも抗弁しようとする富次郎に、

「問答無用！」

言うなり富次郎の足を払った。富次郎はもんどりうって地面に叩きつけられた。

「やめてください」

倒れた富次郎に近づこうとした澄江が、げじげじ眉を突き飛ばした。ふだんなら、女が押したくらいでは微動もしないのだろうが、このときは富次郎を投げとばした直後で、腰が定まっていなかったため、男はものの見事に倒れた。

倒れたまま、げじげじ眉の男は澄江を見ている。なにが起こったかわからず、茫然となっているのだ。しばらくすると、事態に気づいたか、げじげじ眉の顔がみるみる紅くなった。女に突き倒されたということに気づき、その恥辱で胸が張り裂けそうになったのだろう。

「おのれっ」

言うなり、もう抜刀している。刀身がそのまま振り下ろされた。

その寸前、富次郎が澄江の前に立った。げじげじ眉の刀身から澄江を護ろうとしたのである。

が、富次郎は無腰である。武器はおのれの身ひとつしかない。その身を投げて澄江を護ろうとしたのだ。

刀身は富次郎の胸を裂いた。

富次郎はその場に崩れ落ちた。

すぐさま澄江がしゃがみ、富次郎を抱き起こした。が、そのときはすでに息がない。

それでも澄江には、なにが起こったかわからなかった。

しばらく富次郎を抱いていたが、動かなくなった富次郎と死が結びついていなかったのだ。

「富次郎さまっ」

寝ている富次郎を起こそうとでもするかのように、躰を揺すってみたが、やはり動かない。そのとき、やっと富次郎が死んだということに気づいた。

すると、斬ったげじげじ眉への憎悪が急激にふくらみ、澄江の中で破裂した。

澄江はげじげじ眉に殴りかかろうとして頭から突っ込んでいった。

が、げじげじ眉はすばやくよけ、同時に澄江の脚を払った。

と、澄江はたたらを踏むように前のめりになり、そのまま顔から倒れた。

ちょうどそこに大きな石があり、澄江は額を強打した。

澄江はそのまま気を喪った。二人の藩士は頭を打った澄江を見て、死んだものと即断した。打ち所も悪いし、微動もしない。

——これはもう……。

死んだ、とみなしたのである。

が、澄江はややあって息を吹き返した。

気づいたときは、もう二人とも消えていた。

倒れている富次郎を抱きかかえ、

「富次郎さま、富次郎さまっ」

澄江が叫び、富次郎を揺り動かそうとしたが、富次郎が眼を開くことはなかった。

澄江はしゃがみこんだまま号泣《ごうきゅう》した。長い間その場にうずくまって泣いていたが、やがて立ちあがって柳花館へ戻った。

富次郎の骸《むくろ》はそのままにして、まず弦十郎に知らせようと思ったのだ。

弦十郎は澄江から仔細《しさい》を聞くと、そばにいた門弟を連れて駆けた。

富次郎の骸を戸板に乗せて道場まで運び込んでから、弦十郎は元岡っ引の源吉《げんきち》の家へ行った。手短にいきさつを話すと、この手の調べにかけては人後に落ちない源吉だ。

「まかせておいておくんなさい」

胸を叩くと、なにも言わずに外へ跳びだした。

十日以上経ってから源吉が道場へきたが、顔には暗い怒りが凝縮されている。

どうだったかと弦十郎が訊くと、

「どうもいけませんや」

源吉がわざとらしく下唇を噛んだ。

「奴らを捕らえたのか？」

富次郎を斬った男はわかっている。二本松藩士だということもはっきりしているのだから、早晩捕らえられるものだと思いこんでいた弦十郎だ。

源吉が言うには、幕臣の場合、奉行所は手出しができないが、藩士が町屋で犯罪を犯したときは町人扱いになる。だから奉行所も富次郎を斬った男を探した。

二本松藩士だということもわかっていたし、眉の濃い男と痩せた男という特徴も摑んでいる。あとは澄江に顔を確かめさせればいいだけだ。すぐに片付くものだと思っていたら、噺はこじれたという。

「二本松藩がすんなり出してこねえんでさ」

「引き渡さぬというのか？」

「そういう家臣はいねえってんでさ」

「だが、確かに二本松藩だと……」

「名前がわからねえというのがね」

確かに、二人は名前までは名乗らなかった。もっとも、富次郎と澄江を拉致《らち》しようとしていたのだから、名乗るわけがなかったが……。

「名前がわからなくとも、顔は知っている。わしも顔ははっきり覚えておる。澄江どのに聞くと、眉の濃い男と痩せた男だというから、わしが会った三人の内の二人だということも間違いない。澄江どのとわしが会えばすぐにわかることだ」

弦十郎も苛立っている。

「ところが、二本松藩のほうでは、名前がわからぬ以上、引き渡せぬと言い張っておりましてね」

「あくまで庇《かば》い通すつもりだな」

弦十郎が虚空《こくう》を睨んだ。

「どうもそのようで」

弦十郎が鼻をふくらませて言った。

「二本松藩にとっては、富次郎は主君の側室になるべき女を連れて逃げた、いわば不忠者だ。そんな富次郎を斬りすてたのだから、二本松藩にとってあの二人は功労者ということになる。そんな二人を御番所に引き渡しては、二本松藩の名折れということになる」

「勝手な理屈でござんすね」

源吉が顔をそむけて言い棄てた。

「おそらく、いまごろあの三人は二本松へ向かっているだろう。江戸にいれば、いつわしや澄江どのに出会うかわからぬゆえ、二本松へ帰してしまったほうがよいからな」

弦十郎も諦めている。

「これじゃあ、富次郎さんが浮かばれませんや」

「まったく……」

二人して嘆息するばかりである。その嘆息が途切れたとき、

「しかし、二本松藩は澄江さまを追ってくるのではありませんか？」

源吉が気遣わしそうに言った。

「いや、もう追ってはくるまい」と弦十郎が言った。「おそらく、澄江どのが気を喪っていたのを死んだと勘違いしたのであろう。だからこそ斬らなかったのだろうし、もし生きていると知っておれば、いまごろはまだ探しているはずだ。さような気配もないということは、もう死んだと思いこんでいるということだろう」

「なるほど、そいつぁ怪我の功名でござんしたね」

源吉もうなずいている。

澄江の心についた傷は容易に癒《い》えず、ひと月が経っても沈んだ眼をどこに定めてよいか迷っているようだった。もちろん掃除も水仕事もおざなりになり、弦十郎がするしかなかった。が、傷心の澄江に働けとも言えず、つまりは澄江にできるだけのことをしてもらうほかなかった。

そんなある日、澄江が弦十郎の前にきて両手をつき、

「お願いがございます」と頭を下げた。

「なにか？」

弦十郎もなにを言われるのか不安げだ。

澄江は弦十郎を凝視したまま、

「当分ここに、ご厄介になってよろしゅうございましょうか？」

そう言って畳の縁に額をつけた。

弦十郎が慌てて頭をあげさせて言った。

「お好きなだけ逗留《とうりゅう》してくださってけっこうです」

「ですが、店賃を払うことができません。そのかわり、掃除や水仕事をするということでご勘弁を願いとうございます」

「むろん、それでけっこうです」

弦十郎がいかめしく言うと、澄江がいきなりのびやかな表情になり、

「ありがとうございます」

また額をこすりつけた。そのままの姿勢で、

「もうひとつ、お願いがございます」と言った。

「それは？」

「橋本左内先生に、お口添えをしていただきとうございます」

「口添えとは？」

「富次郎さまのかわりに、わたくしが蘭学を学びたいと存じます。そこで、橋本先生にお願いしていただきたいのでございます」

「澄江どのが蘭学を？」

　これには弦十郎も驚愕の表情になった。まさか澄江が蘭学を学ぼうとは思いもよらぬことである。

「富次郎さまが蘭学を学ばれていたとき、遊び半分で教えていただいていたのです。わたくしも、もともと読み書きが好きでしたし、蘭学というものの面白さに目覚めていたところでございました。富次郎さまが歿《なくな》っても、わたくしの中にある蘭学への好奇心のようなものは消えることはございませんでした。これは、富次郎さまがおっしゃっているのだ。澄江、おまえがわしの跡を継いで蘭学を学べとおっしゃっているのだと思ったのでございます」

　決意のほどをわかってほしいとでもいうように、澄江は弦十郎の眼眸の奥に眼を据え、一瞬たりとも離そうとはしなかった。

「澄江どのが蘭学をかじっていたとは思いもよらぬことでした」

　富次郎と二人で部屋にいたときは、ともに蘭学の噺もしていたのだろう。

「かないませんでしょうか？」

澄江はすがるように弦十郎を見つめた。双眸には熱い輝きがある。

「それがしも橋本さまと懇意にしておるわけではござらぬが、朋輩《ほうばい》に頼み、なんとか教えていただけるようお願いしてみましょう」

そう言うと、澄江は感に堪えないという表情で弦十郎を見つめた。

そのとき、弦十郎の脳裡にかすかに不安がよぎった。

「しかし、福井藩邸への行き帰りはいかがいたしますか？」

「とおっしゃいますと」

「ひとりで常盤橋御門まで通うおつもりでござるか？」

弦十郎が唇を曲げると、

「もちろんひとりで通うつもりですが？」

怪訝《けげん》そうに澄江が答えた。

「それはいかがなものでしょうか」と弦十郎が片手をあげた。「二本松藩は澄江どのが死んだと思い込んでいるとは思いますが、念には念を入れねばなりますまい。万が一、どこかで二本松藩士に出くわし、澄江どのとわかったときは、襲われるやも知れませぬ」

弦十郎が懸念を口にすると、

「さような心配をしていてはきりがありませぬ」

澄江はそう言って微笑んでいる。

が、弦十郎はあくまで慎重でありたい。

「橋本どのに、ここへきていただくわけにもいかぬし……」

弦十郎が思案に暮れていると、

「ご案じなさいますな。まずさようなことはございませんでしょう。そこまで案じていてはなにもできませぬ」

澄江が断言した。

「しかし……」

と案じ顔になっている弦十郎に、澄江が言った。

「もし追われて斬られても本望でございます。富次郎さまと同じ死に方ができれば、浄土で逢うことができましょう。もし生き残れば、蘭学に身を捧げればよいのです。生きるも死ぬも同じこと。生きれば蘭学に邁進《まいしん》し、死ねば富次郎さまにお逢いできる。ただそれだけのことでございます」

毅然と言う澄江を止めることはできず、弦十郎もひとりで行かせるしかなかった。

橋本左内の許しが出るかどうかはわからないが、富次郎を受け入れた左内だから、澄江にも教えてくれることだろう。ひとりで通わせるのは不安ではあったが、澄江の覚悟を目の当たりにして、弦十郎も心を打たれた。

——これほど逞《たくま》しい女がいるものだろうか……。

弦十郎は、ただ澄江をまじまじと見るしかなかった。

「では、夕餉の仕度をしてまいります」

澄江が去ると、弦十郎は庭に視線を投げた。庭にはもう夕闇が垂れ込めている。楠《くすのき》の上で鴉《からす》が二度三度啼き、傳通院の境内のほうへ飛び去っていった。

落魄《らくはく》の剣客

一

江戸の秋も深まった頃、やっとコレラ騒ぎがおさまって、町も平穏をとりもどした。

伝染《うつ》るからと、親から止められていた子どもたちの道場通いも許されて、柳花館にも門弟の姿が目立つようになった。

鉱之助の口利きのおかげで橋本左内に蘭学を教えてもらうことになった澄江は、毎日ひとりで常盤橋御門の福井藩邸へ通っている。

いったんはそれを認めた弦十郎だったが、やはり心配になり、たまにあとをつけた。が、十日ほどつけてみると、二本松藩士に遭遇するかもしれないという懸念は、どうやら杞憂《きゆう》だったとわかり、それからはやめた。

澄江は午過《ひる》ぎに道場に帰ってから掃除や夕餉の仕度をし、みなが寝静まるまで働いていた。その合間を縫って蘭書を読むという、常人にはできぬ暮らしを続けていた。道場へきた頃の澄江とは別人のようである。

そんな日の昼下がり、道場を訪ねてきた男があった。

四十過ぎの、浪人態《てい》の男である。総髪は埃で白くなっており、桑色《くわいろ》の袴も薄鼠《うすねず》の袷《あわせ》も垢《あか》と汚れで黒ずんでいる。髯は顔の下半分を覆い、草履を履いてはいるのだが、その鼻緒は切れかかっている上に、埃で白くなっている。襟元ははだけて、痩せた胸が見え、身なりについては大きなことは言えない弦十郎が、つい顔をしかめてしまったほどにみすぼらしいのである。

浪人が乾いた唇を動かすと、黄色い歯が覗いている。

「手前、島川伝内《しまかわでんない》と申す者にて……」

弦十郎の鼻に入った息には、酒が混じっている。見れば、足元もおぼつかないようである。

——酔っ払いか……。

とも思ったが、名を名乗ったところを見ると、通りすがりの酔っ払いが面白半分に入ってきたとも思われぬ。悪ふざけをするのにわざわざ名乗るはずもなく、とすれば何か用があってきたのだろうとは思うが、なにしろ風体《ふうてい》が胡乱《うろん》である。

「ご用件は？」

弦十郎が乾いた声で訊くと、

「先生に、お目にかかりたい」

虚ろな表情を湛えて言った。

「して何用でござるか？」

弦十郎が空せきをしてから訊いた。

「お頼みしたいことがござる」

「それは？」

「先生に、じかに申し上げたい」

そう言われて、すんなり奥へ通すほど弦十郎もお人好しではない。

「主《あるじ》は病に臥しておりますゆえ」

弦十郎が拒むと、島川はくぼんだ眼の奥に鈍い光を浮かべて言った。

「病とは？」

その言葉には、薄く疑いの雲がかかっている。弦十郎を信じていないのである。

「長く臥せったまま、起きあがるのもままならぬ次第にて……」

「では、是非ともお見舞いいたしたい」

やはり病臥しているとは信じていないようである。

が、得体の知れない浪人を、師の臥床《ふしど》へ案内するわけにはいかぬ。

「お手前は主の知るべでござるか？」

弦十郎が訊《たず》ねているのに、島川は返答もせず、

「なんとしても、お眼にかかりたい」

柳斎が病に臥していることを、なかば疑っているようである。

「ただいまは重篤《じゅうとく》にて、人と面接するのもおぼつかなく、後日あらためてきていただきたい」

そう言って弦十郎が背を向けようとしたとき、

「嘘をつくなっ」

いきなり島川が怒声を発し、弦十郎を睨《ね》めつけた。

「嘘とは慮外《りょがい》なことを！」

不意に怒鳴られて弦十郎は、すぐさま言葉を返した。

「おぬし、手前を浮浪の徒かなにかとみなしておろう？」

島川は、無念を眉間に溜めて言った。

「さようなことは……」

ないと否《いな》みはしたが、弦十郎は本心では正鵠《せいこく》を射られていると感じている。酔っ払いではないにしても、あたりかまわず因縁をつけて廻る浮浪浪人のたぐいだろうと推測していたのだ。

「いや、おぬしの眼を見ればわかる。おぬしは、わしを蔑《さげす》んでおる。そういう眼をしておるのだ」

「それは……」

弦十郎も強くかぶりを振った。島川という浪人態の男に、不審の念を向けたのは確かだが、蔑視はしていない。弦十郎がそういう男であれば、師が病に臥したあとの道場にひとり残って看病をするようなことはしない。

弦十郎が蔑むのは、力がありながらその力を出さずに高慢なままでいる人間である。あるいは島川もそのたぐいの人間ではないかという疑いが弦十郎に芽生えたのかもしれず、その疑念が島川への蔑む視線を生じさせたのかもしれぬ。

「手前は決して蔑むつもりはござらぬが、さように思われたのなら、お詫びしたい」

弦十郎が赤心《せきしん》から詫びようとしているのを見て、島川も得心《とくしん》がいったのか、肩の力を抜いたのが見えた。

「信じてはもらえぬかもしれぬが……」島川が弦十郎にすがるような視線をからみつかせてきた。「二十年ほど前、手前はここの門弟であった」

あまりに唐突なことで、弦十郎はどう受け止めてよいかわからない。島川という浪人をどうみなしてよいか迷っているから、この男が言うことをどこまで本気にしてよいか、見定めがたいのである。

しかも、二十年前に柳花館へ通っていたなどという、思いもよらぬことを言い出したのだ。弦十郎はまばたきもせず、島川を見つめている。

「嘘はつかぬ」

島川も信じてもらえるとは思っていないようだ。

「二十年前と申すと、当道場が開かれた頃でござりますな」

弦十郎が確かめた。もし本当なら、弦十郎も先達に対してそれなりの対応をしなければならぬ。弦十郎の言葉遣いも変わっていた。

「もっとも、わずか二年しかおらなんだが……」

島川が吐き棄てるように言ったのを聞いて、弦十郎もますます戸惑った。

門弟といっても玉石混交で、師範代にまでなる者から数日でやめる者までいる。それをおしなべて門弟としてしまうと語弊が生じるのだ。が、二年も道場に通っていたのなら、そこそこの修業をしてきたわけで、名ばかりの門弟ではなさそうだ。

幸い門弟たちは帰ったばかりで、道場にはだれもいない。澄江はまだ左内の所から帰っていないし、奥で臥せっている柳斎にはもちろん声が届かない。弦十郎はその場に座りこんで、

「なにか仔細《しさい》があるようでござるが……」

と噺を聞く構えになった。

「実は……」と島川が口重《くちおも》に語った。「二十年前の手前はとある大名家の家臣で、この道場に通っておった。高名だったこの柳花館で修業に励み、ゆくゆくはわが藩の江戸屋敷にある道場で師範代になろうという夢を抱いておったのだが、運悪く病に臥した」

「病とは？」

「労咳《ろうがい》だ」

「それは……」

弦十郎が思案したことを、すぐに島川が口にした。

「とても撃剣どころではなくなり、柳花館もやめざるをえなくなった。治ったのは三

年後で、そのときは家中でもお役をいただけなくなっており、柳花館へ戻ろうにも戻れなかったのだ」

「病が完治したなら、また剣術をやれたのではござらぬか？」

弦十郎が言うと、島川は細く長いため息に言葉を混ぜた。

「いや、三年もの間、木刀を手にしておらぬと、もう元には戻らぬものでな。元のように木刀を振れるようになるまでには五年はかかると言われ、すっかりやる気をなくしてしもうたのだ。そうなると、なにもかもが厭になり、お役もしくじるようになって、傍《はた》に迷惑をかけっぱなしとなった。家中でも悪評ばかりが立ってきて、お役もとりあげられてしもうた。このままでは島川家の存続にもかかわるということで、親戚一同に押し切られて弟に家督を譲ることになったのだ」

「それは……」

弦十郎もなんと慰めてよいかわからない。武家というのも、なまなかでない苦労があることはわかっていたが、それにしても島川は運がなさ過ぎたようである。

「無為のまま過ごしておるのに我慢ができず、一年後に致仕し、島川の家を出たのだ」

「それでは……」

「さよう。浪人いたした」

聞かされた弦十郎が、眼をみはっている。

「上方へ行ってなにもかもやりなおそうと一念発起し、もらった餞別《せんべつ》を元手に小商いもしたし、医師の真似事もした。十年以上もそうしてあらがってきたが、なにをやってもままならず、とうとう上方にもいられなくなり、とどのつまりはまた江戸へ戻ってきたのだ」

島川のように落魄する者は、いつの時代にもいる。噺を聞いているうちに、弦十郎は島川を責める気になれなくなった。人生は紙一重で、弦十郎が島川になったかもしれないのだ。いま目の前にいる落ちぶれた浪人は、弦十郎の仮の姿かもしれないと思うと、胸が重くなってくるのを禁じえないのである。

そう思いが至るとおのずと声もやわらかくなり、

「江戸へは、いつ戻られたのでござるか？」

宥《なだ》めるようにそう訊ねた。

「五年前だ。戻ってきてからは、ってを頼って裏店のひとり暮らしでな。なんでもして食ってまいったが、もう二進《にっち》も三進《さっち》もいかなくなり、こうして昔の知るべに無心して歩いておるのだ。訪ねる所もなくなり、とうとうこの道場へまいった次第。柳斎先生ならば手前の苦境をおわかりくださるのではないかと思うて、こうして頼ってまいった。が、先生がご病気では無理ゆえ退散いたそう」

島川の噺が本当なら、一度柳斎に引き合わせるべきかと弦十郎は迷った。が、病身の柳斎に、島川を会わせたところで、かえって柳斎の気を揉ませることになり、病には決していいことではない。他人の悩みに親身になる柳斎のことだから、島川の噺を聞けば、なんとかしようと病身をおして島川のために踏ん張ろうとするだろう。そういう師だとわかっているからこそ、弦十郎は会わせるのをためらったのである。

ここは柳斎に迷惑をかけず、なんとか自力で始末しようと決め、弦十郎が頭の中で案をふくらませた。

「仔細については承知いたしました。が、先ほど申しあげた通り柳斎先生は重篤の身でございますれば、面会もかないませぬ。しかし、それがしも微力ながらなんとか金を集めてまいりますゆえ、いましばらくの猶予《ゆうよ》をいただきたいのです」

丁重に言って頭を下げた。

「猶予とは？」

「三日いただきたいのです。三日後にここへきていただければ、それまでになんとか金を集めておきますゆえ……」

できるものかどうかもわからぬまま、弦十郎の口からそんな言葉がこぼれてしまった。

「確かでござるか」

喜色に包まれた島川の顔を見ると、裏切ることもできず、

「なんとかいたしましょう」

そう確約するほかなかった。

二

弦十郎がその噺をすると、蕎麦《そば》がきを口に入れた鉱之助がむせ返った。むせつつ、本気かと弦十郎に訊いた。そればかりか、島川というその浪人に金を貸してやるという弦十郎を、

「正気ではないっ」

と叱咤したのである。

「だが、困窮しておるようだし……」

大金は渡せないが、いくらかは渡してやりたい。その金を貸してほしいと頼んだの

「なにを虚《うつ》けたことを言うておるのだ。さような金があれば、柳斎先生の薬代にまわすのが筋であろう？」

鉱之助の声は張り詰めている。たとえ弦十郎であろうと、糾弾すべきときは糾弾するのだという構えがありあり見えている。

が、弦十郎は笑いながら、「そう鹿爪《しかつめ》らしいことを言うな」と昂ぶっている鉱之助を宥めようと懸命だ。

鉱之助は拳を口にあてがって咳払いしてから、

「そもそもその島川なる浪人の噺が、嘘かまことかわからぬのだ。おぬしは騙されておるやも知れぬのだぞ」

子どもを叱責する親のように尖《とが》った声を発した。

「では、こうしてくれ」と弦十郎が言った。「警固の手間賃を前払いしてくれ。それをあの浪人に貸すことにする」

「なにを言うか？」

鉱之助は憤然となっているが、弦十郎はいたって冷静である。

弦十郎は、夏の間幾度か江戸屋敷奉行が外出する折に警固した。そのたびに礼金をもらっていたが、その金はすべて師の薬代と日々の賄《まかな》いに消えていた。澄江も転がりこんでいるし、夏の間はコレラ騒ぎで門弟もこず、もともと少なかった束脩《そくしゅう》が、なおのこと少なくなっていたのだ。警固の礼金が、実は柳花館の運営には欠かせなくなっていたのである。

弦十郎は、その礼金を前借《ぜんしゃく》しようというのだ。そうすれば、日々の費《つい》えが足りなくなることは明らかだが、そこまでのことは思案のうちにない。そういう弦十郎の性格であればこそ、このような貧乏道場をここまで続けてこられたのだ。

「これからもまだ警固するのであろう？　その手間賃を先にもらいたい。それで文句はあるまい」

弦十郎が屈託なげに言うと、

「それをすべて島川という男に貸してやるつもりか？」

鉱之助が、不安げな眼差しを向けて訊いた。

「それは、おぬしにかかわりないことだ」

「だが……」

「手間賃は、おれのものだからな」

弦十郎がしたり顔で言うと、

「それはそうだが……」

鉱之助も、うつむきかげんで言った。それが承諾の返事だと見てとった弦十郎が、

「では、五両の前借を……」

と言って手を出したが、いくら鉱之助でも五両もの金子《きんす》が紙入れに入っているはずもなく、あとで持ってくると約束させるしかなかった。

鉱之助が悔しそうに、「貸すとは言うが、返ってこぬやもしれぬぞ」と言ったが、弦十郎は、「承知の上だ」と気にも留めていない。

「おぬしも人が好いなあ」

鉱之助も、もう匙《さじ》を投げたようである。

そのとき、鉱之助の気持ちを斟酌《しんしゃく》するかのように屋根の上で鴉が啼いた。

「それで、次の警固はいつになる？」

弦十郎も気を遣っているつもりなのである。

「さよう、三日後か四日後になりそうだな。時勢がかようなことになってきたゆえ、こたびは格別《かくべつ》気をつけてもらいたい」

「時勢がどうなっておるというのだ？」

「京で変事が起きて、いま大騒ぎになっておる」

鉱之助は、小難しい顔で言った。

「変事とは？」

「梅田《うめだ》雲浜《うんぴん》が捕縛《ほばく》されたのだ」

「それは何者だ？」

鉱之助が呆れ果てたというように嘆息してから、梅田雲浜は過激な攘夷論者だと説いた。かねてより、井伊大老を排斥すべしと訴えていたのだが、さる九月七日、京で所司代の手により捕縛されたというのだ。

この梅田雲浜の捕縛をきっかけに、井伊直弼は次々に攘夷派の志士を捕縛していく。これが後に「安政の大獄」と呼ばれることになる大事件だが、もちろん弦十郎にも鉱之助にも知る由がない。

「大老はどうやら、堪忍袋の緒を切ったようでな」と鉱之助が声をひそめた。「京では次々に攘夷を謳《うた》っていた者が捕らえられている。京にいた攘夷派は、一斉に逃げ出したらしいのだ」

「いずこへ？」

「国へ帰る者もあろうが、江戸へ流れこんでくる者も少なくはないと見られている」

「では、江戸も騒ぎになるな」

江戸の町人も、京でなにが起こっているかまでは知らぬが、物騒な連中が江戸へ流れてきて騒ぎを起こせば、いやでも眼に入る。江戸が騒擾《そうじょう》の渦に巻き込まれれば、それこそ天下大乱という事態に陥《おちい》るやも知れぬのだ。

「福井でも騒ぎになっておるらしい」

福井と聞いて、弦十郎はすぐに橋本左内のことを思いだした。

「橋本どのはどうなったのだ？」

左内の身になにかあれば、澄江はもう蘭学を学ぶことができなくなる。そうなれば、澄江もさぞ悲嘆に暮れることだろう。澄江の消沈した姿を想像するだけで、弦十郎の心も水を吸ったかのように重くなってきた。

「福井藩も、攘夷論と開国派の真っ二つに分かれている。春嶽公はもともと水戸の烈公らと共に攘夷論者であられたが、近頃は開国派に傾いている。それも橋本どのたち側近の建言によるところが大きいらしいが、攘夷派はそれを不快に思っているらしい」

「だが、開国ならば井伊大老と同じではないか」

それならば、幕府から捕縛されることにはならないだろうと弦十郎は言ったのだ。が、鉱之助は、事はそう簡単ではないと言う。将軍継嗣《けいし》問題もからんでいるというのだ。

「どういうことだ？」

「井伊大老は紀州の慶福公を次の将軍にしようとしていたのだが、春嶽公や水戸の烈公は真正面から反対し、一橋慶喜公を推した。そのことも、裏にはあっただろう」

鉱之助が説いたが、弦十郎には合点がいかない。

「それを根に持って、春嶽公を処罰したというのか？」

それではあまりに稚拙《ちせつ》に過ぎようと言った。

「春嶽公も橋本どのも油断はならぬ、ということだ」

鉱之助が冷静に分析した。

「おぬしの家中はどうだ？」

弦十郎が小浜藩江戸屋敷のことに懸念を示した。

「わが家中でも大騒ぎになっておる」

「だが、小浜藩は主君が幕府の要職についているほどだ。罪人が出るようなことはあるまい」

弦十郎が言うと、鉱之助がかぶりを振りながら言った。

「そうでもない。京で捕縛された梅田雲浜は、実は小浜藩士なのだ」

「まさか、小浜藩にさような攘夷派がいたとは……」

そこまでは弦十郎も知らなかった。

「小浜藩の中にも攘夷派はいる。いまや、いずれの家中にも攘夷派はいるだろう」

「幕府は、その攘夷派を根絶やしにしようと考えているのか？」

「おそらくはな」

鉱之助は暗然となっている。

「では容易ならざる事態となるな」

「やっとわかったか」

鉱之助が口許だけをほころばせた。世情について、弦十郎にしつこく説いてきたことが、やっと報われたという思いなのであろう。

「で、おぬしはどうするつもりだ？」

「わしは、橋本どのの考えに同心だ。小浜藩内でも、橋本どのの開国論をひろめていこうと思っている」

「いまのところ、同志は何人ほどいるのだ？」

「江戸屋敷では、まだ少ない。が、少しずつふえているところだ。江戸屋敷奉行の西塚さまも奮闘されておるが、わしも毎日家臣に会って説得しておる」

「では、大半がおぬしらの敵ということだな？」

「いまのところはな」

「それでは、外出《そとで》のときに警固をしただけでは間に合うまい」

鉱之助には、西塚が外出するときだけ警固をしてほしいと頼まれているが、江戸屋敷内にそれほど敵がいるのなら、屋敷内で襲われることも考えねばならぬはずである。

「それも考えている」鉱之助が言って唇を引き締めた。「と言うて、おぬしを屋敷内に入れるわけにはいかぬ。屋敷内では、われらが西塚さまをお守りするほかあるまいな」

そこで思いだしたのが国から送り込まれたという刺客団のことだ。

「かの室崎覚蔵なる剣客が、江戸屋敷に入りこむということはないのか？」

「それだけは、なんとしても防ぐつもりだ。門番もふやして、たとえ変装して入りこもうとしても見つけるよう厳命してある」

「屋敷に入れば、西塚さまを斬るのは容易だろうからな」

いくら外出のときに弦十郎が警固しても、室崎に侵入されれば意味がなくなる。それだけは防いでほしいと弦十郎も思っていた。

三

二日後の午下がり、島川が約束通りに柳花館へきた。

前にきたときと同様、覇気《はき》のない、ぼんやりした表情で道場へ入ってきたが、弦十郎が奥から紙を手に出てくるのを見ると、さっと顔に笑みが拡がった。紙に包まれているのがなにか見当がついたのであろう。

「約定《やくじょう》の金子《きんす》にござる」

と言って弦十郎が紙を開くと、中には鉱之助に借りた金がある。一分金や二朱銀をとりまぜて五両分あった。

このところ、諸色《しょしき》があがる一方で、一両では米一俵も買えないほど物価は高騰している。五両では、四人家族がひと月暮らせるかどうかというほどに値上がりしているのだが、それでもないよりはましだろうと手渡すと、島川も、

「これだけあれば、当分はもちましょう。かたじけない」

と言って悦んでくれた。

金を貸したのだから、ここで一言とばかりに、弦十郎が訊いた。

「島川どのは、この先どうされるおつもりですか？」

島川は啞然となって弦十郎を見つめている。

「いや、この金ではほんの幾月しかもちますまい。そのあとはどうなさるのかとお伺いしております」

「どうすると申されても……」

島川は目許に笑みを残したままそう言ったが、返事にはなっていない。

「なにか生計《たつき》の算段でもございますか？」

ここで当座の金を手に入れても、なにかせぬ限りはいずれ金はなくなり、またどれかに借りるしかないのだ。そのことを弦十郎は訊いている。

が、島川にはそんなことは思案の外だったらしく、

「さような算段があれば、こうして無心に廻ってはおらぬ」

と開きなおってしまった。

「ですが、なにかなさらぬと、いつまで経っても同じことでございましょう」

弦十郎も珍しく不躾《ぶしつけ》に他人をたしなめている。

「では何おう」と訊いた島川の顔からは笑みが消え、かわりに怒りのようなものが垣間見えるようになっている。

前にきたときもそうだったが、この男、些細なことですぐにかっとなり、それが顔にあらわれる質《たち》のようだ。いまも弦十郎を睨みつけ、

「生計の当てがあれば、お教え願いたい」

挑むように言って、わざとらしく顔をそむけた。

問われてすぐに思いつくものはないが、

「そのおつもりがあれば、なにか探して進ぜるが……」

成り行き上、そうとでも言うしかなかった。

「では、探していただこう」

先ほどの喜色はどこへやら、いまの島川は忿然《ふんぜん》となっている。

「では、お探しいたしましょう。もし見つかれば、いずこにお知らせいたせばよろしいのでござるか？」

弦十郎も幾分かは、むきになっていたかもしれぬ。言葉に、わずかに怒気がある。

「四谷伝馬町《てんま》の勘兵衛店《かんべえだな》へ知らせていただきたい」

このなりだから、おおかたは推察できたが、やはり裏店に住んでいたのだ。

道場を出る島川の背に、

「かならず、お知らせにまいります」

強く言ったのは、皮肉からではなく、なんとかしてこの浪人を真っ当な男にしてみせようという意地があったからである。

島川が道場を去ると、弦十郎は奥へ向かった。柳斎の臥床へ行き、これまでのいきさつを話したのだ。

これまでにも話す機会はあったが、かつての門人が師に金を借りにきたなどということを話せば、病にさわるのではないかと心を配り、あえて隠していたのだ。が、島川に更生の意思があるとみなしたため、話す気になったのである。

柳斎は、二十年も前に二年しかいなかった門弟のことをはっきり覚えていた。よく覚えていたものだと弦十郎が感嘆の声をあげると、

「門弟はわが子も同然。忘れるわけがあるまい」

とまで言い切り、

「なにゆえ通さなかった？」

裂くような語気で言った。

弦十郎が低頭して謝ったが、柳斎は怒っていたわけではなかった。声はすぐに変わって、

「それにしても、よう金を融通したの。余人ならば、おそらくそこまではできまい。

おぬしの心根ならばこそ、さようなことができたのじゃろう」

そんなことを言って誉めそやしたのだ。

弦十郎も照れてよいのか、謝罪すべきなのか、困惑の態である。

「あのままでは、島川どのも立ち行きませぬ。なにかふさわしい仕事を見つけ、お世話してさしあげようと思います。仕事が見つかりましたら、またここへきていただき、そのときは先生にお目にかかっていただきとうございます」

弦十郎が言うと、

「そうじゃな。そうしてくれるか」

柳斎は、うなずく代わりに目許に笑みを刻んだ。

その顔を見ているうちに思いついたことがある。島川を鉱之助に引き合わせ、警固役に雇ってもらうという案だ。が、島川は木刀を手にしなくなってから二十年も経つ。そんな島川に、果たして警固などできるものだろうか？

そのことを訊ねると、

「おぬしが、そばにいてやればどうだ？」

柳斎が視線を向けた。

「つまり、わたしが警固を請け、島川どのに助力していただく、ということでございますか？」

「それならば、支障はあるまい」

「おそらくは……」

「それでどうじゃ？」

「はあ」

「島川にも、立ち直るきっかけを与えてやりたいではないか」

「それは……」

そう思っているが、弦十郎がそばにいるなら警固してもらうことにはならないとも思う。とはいえ、とりあえず島川に仕事を回すしかないと思っているから、

「では、次の警固から、島川どのに手伝っていただくことにいたします」

柳斎に言って退室した。

が、胸には砂が詰まっているかのようである。警固の噺などするのではなかったと、悔恨《かいこん》の念がみるみるひろがっていった。

とにかく鉱之助から警固の噺がきてからのことだ。いつものように、明日のことは思案し過ぎないことだ、とおのれに言い聞かせた。

重い気分を紛らわせるために素振りでもしようと道場へ向かっていたとき、背後か

ら澄江に声をかけられた。

手には籠《かご》を抱えている。弦十郎が中を覗きこもうとすると、

「蚕豆《そらまめ》の種でございます」

丸い眼をした愛くるしい顔立ちで、清々しい笑みを湛えて言った。

「それは？」

「ご近所でいただいてまいりました。庭の畑に植えてみようと思って……」

「そう言えば、そろそろ大根の種まきだった。忘れておりました」

大根だけは毎年欠かさず畑で栽培している。が、蚕豆は育てたことがない、と言うと、澄江が笑顔のまま、

「蚕豆どころか、野菜を作るのは初めてのことですが、なんとかなりましょう。二本松の家にも庭に畑があり、下僕が耕しているのを見ておりましたゆえ、見よう見まねで作れば育ちましょう。春になれば、おいしい蚕豆を茹でてさしあげます」

そう言ってから、「ふふっ」と声に出して笑った。

「なんでも作ってくだされ。庭は広うございますからな」

そう言って笑おうとしたが、もちろん澄江のように麗《うら》らかな笑顔にはならなかった。

四

鉱之助から連絡《つなぎ》が入ったのはあくる日の朝である。

夕七ツ（午後四時）、江戸屋敷奉行の西塚が裏門から駕籠で出ていくので、ひそかに警固してもらいたいと、使いの者が知らせてきた。

あくる日、夕七ツの鐘が鳴って間もなく、弦十郎は小浜藩上屋敷の裏門が見える場所に隠れていた。いつ駕籠が出てきても追えるように待ち構えていたのである。

すると、鉱之助が出てきて弦十郎のそばに立った。西塚が乗っている駕籠を教えるというのだ。駕籠を待つ間に、弦十郎が島川のことを話した。次回から、島川にも警固を手伝わせてもらいたいと頼んだ。

勝手に島川に頼んでもよかったが、鉱之助に知られたときに迷惑がかかるかもしれないと、念のために確認をとっておくことにしたのだ。

が、鉱之助は暗い懸念を眉間に集めている。

「その島川という仁《じん》がどういう男か、わしは知らんからな」

「では、ひきあわせたほうがよいか？」

弦十郎が言うと、鉱之助がかぶりを振って、

「そうではない。できれば、おぬしひとりで警固をしてもらいたいのだ」

「しかし」

弦十郎の口に手をかざすようにして鉱之助が言った。

「警固のことは、あまり他人には知られたくないのだ」

おのれの家中で、暗殺未遂事件が起こりかけているというのは、いわば身内の恥だ。そんなものを、他人に知らせたくないと思うのは当然かもしれない。

「仔細は島川どのに知らせぬことにする。おれからじかに島川どのに依頼するという形ではどうだ？」

礼金もこちらで出すし、決して迷惑をかけぬゆえ認めてほしいと願い出たのだ。

弦十郎がそれほど強要するのも珍しいことだから、

「ううむ……」

鉱之助も髷に手をやって困惑している。

「返事は急がぬ。思案しておいてくれ」

弦十郎は島川に五両の金を渡している。それで当分は暮らせるのだから、急ぐ噺でもないのだ。熟慮の上、返事をもらえればよい。

鉱之助が考えてみると言ったとき、上屋敷の裏門から駕籠が出てきた。

「あれだ」

鉱之助が低く言った。出てきたのは、背丈が六尺はありそうな、大柄な武士である。

「あれが西塚さまか？」

弦十郎が訊くと、鉱之助が違うという。あれも警固の武士だと言うのだ。

その直後に、小柄な武士が出てきた。その背後にも武士がいる。こちらは大きい。

「あの背の低いのが西塚さまだ」

見ると、西塚という男、狙われていると知っているにもかかわらず案外悠然としている。政変の渦の中で立ち回っているだけに、度胸はあるのだろう。

西塚が駕籠に乗り、二人の武士が駕籠を挟むように寄り添っている。駕籠が出ると、鉱之助が弦十郎の背中を押すようにして、

「では、頼む」と言った。

弦十郎は二十間ほど離れてあとを追った。近づき過ぎては襲撃者に気づかれるし、といって離れ過ぎては襲われたときに間に合わぬ。二、三十間という距離がちょうどいいと踏んでのことだ。

駕籠は出たが、行き先はわからぬ。行き先が洩れでもしたら、待ち伏せされて襲撃されるかもしれないと、念には念を入れているようである。

駕籠は水戸藩上屋敷前を通って小石川御門を渡り、神田川伝いに進んでから昌平橋《しょうへいばし》の先を右に折れて日本橋の方へ向かっていった。水道橋の手前からすぐに旗本御家人の小屋敷が並ぶ町へ入らず、その先から町屋に入ったのは、そのほうが人通りもあり、襲うには不都合だからだろう。あらかじめ策を練っていたのである。

駕籠が神田橋御門まできたとき、やっと行き先がわかった。

――越前福井藩上屋敷か……。

西塚は橋本左内に私淑し、小浜藩内でも「左内党」とでもいうべき一派を結成しているという。とすれば、左内に会いに行くのは当然のことだ。が、この時期、まさか上屋敷に入ることはあるまい。

――とすれば……。

推察した通り、富次郎と左内に会った料亭「やしま」の前で駕籠は止まった。

おそらく左内は中にいるのだろう。

左内とは知らぬ仲ではないのだし、中へ入って声をかけてから警固してもよいとも思ったが、そうしなかったのは勘が働いたからである。襲撃者の立場から見れば、西塚の近くにだれかがいれば、警戒して出ていこうとはしないだろうと考えたのだ。

それに、この日の弦十郎は、なにか異様な気配を感じていた。

名状しがたいが、殺気に似た気配を感じていたのだ。

——あの室崎覚蔵が……。

江戸に入って駕籠をつけているのかもしれぬ。

とすると、よほど気を張り詰めて見張らねばならぬ。

弦十郎の腰が自然に低くなり、眼眸《がんぼう》は獰猛《どうもう》な光を帯びるようになった。

背の高さほどもある生垣に隠れて、およそ半刻が経った。弦十郎の顔には汗が噴出している。敵を待つということは、それだけ体力を費消するのだ。その敵が強いとわかっていればなおさらである。

そのとき、料亭の中から左内があらわれた。

思わず声をかけようとした弦十郎だが、すぐに抑えて再び生垣に身を隠した。

しばらくすると、今度は西塚が出てきた。待たせておいた駕籠に乗り込むと、きた道をたどって戻っていく。

あまり駕籠に近づくと見つかってしまう。弦十郎は、さらに間を置いて追うことにした。三、四十間も遠くから駕籠を追うことになったが、これだけ離れると、不意に襲撃されたときに間にあうかどうかが懸念される。

だが、これくらい離れていないと襲撃者に見つかってしまうことも確かなのだ。どちらをとっても万全とは言えぬ以上、一か八かで襲撃者を待つしかなかった。

駕籠はどうやら、きた道をそのまま戻るようである。とすれば、日本橋から鎌倉河岸、そして牛込御門という道をゆくことになる。この道ならば、人けが絶えるということはない。しかも暮れ六ツ（午後六時）前で、往来には町人が忙しげに歩いている。

常に人目にさらされているこの刻限のこの道なら、襲われることはあるまいと踏んだのだろう。用意は周到らしい。

――この分なら……。

襲われることはあるまい、と弦十郎も安堵《あんど》したそのときである。

武家屋敷の陰から、影がばらばら跳んできた。弦十郎と駕籠の、ちょうど中間という位置である。

夕間暮れで、人の影が暮色に滲みかけているから、はっきりとは見えなかったが、影が三つだということだけはわかった。いずれの影も刀の柄に手を置き、いまにも抜刀せんばかりになっている。

警固の二人の武士も構え、駕籠を守ろうとしている。

弦十郎は、木剣を右手に持ち替えて駆け出している。稽古着の裾は、ばたばた音をたてていた。

三人が駕籠に近づき、なにか言っている。おそらく誰何《すいか》しているのだろう。その直後、影のひとつが刀を振りかぶろうとしたとき、警固の武士も抜刀した。

「待てっ」

弦十郎がとりあえず声を発して動きを止めようとした。

案の定、三人は振り返った。が、動じる気配はない。弦十郎の腕を見くびっているのである。稽古着姿の男が、真剣ではなく、木剣をかざして駆け寄ってくるのだから、甘く見るのが当然である。

それでもなお、

「待て、待てっ」

叫び続けると、往来を歩いていた四、五人の通行人が振り返った。駕籠の廻りで変事が起きようとしていることに気づくと、ざわめきだした。通行人の中には血の気の多い若者もいて、わけもわからず弦十郎のほうへ駆け寄ってくる者もいる。野次馬と化した通行人が駕籠のほうへ近づき、騒ぎだした。

こうなると、駕籠のそばにいた三人もなにもできなくなった。そのまま駕籠から離れ、そのときはもう刀も鞘に収まっている。弦十郎が駕籠のそばへ駆けつけたときは、三人とも走り去っていた。

警固の二人も刀を鞘におさめて駕籠の両脇に立っている。駕籠の中から声があり、警固の武士が駕籠の戸を開けると、武士が出てきた。痩せて眉が吊りあがり、鼻筋が通って端正な顔だ。

弦十郎が一揖《いちゆう》し、

「西塚どのでござるか？」と訊くと、いかめしくそうだと答えた。鉱之助から警固の噺は聞いていたらしく、落ち着き払っている。

鉱之助から、江戸屋敷奉行は要職だと聞いていたが、西塚はまだ若く、三十半ばというところだ。この若さで江戸屋敷の重臣となっているのだから、よほどの俊才なのであろう。

「お怪我はございませぬか？」

弦十郎が確かめると、

「危ないところであった」

西塚は、辺りを見渡した。

そのうち、町人が駕籠のそばへきて、怪訝そうな視線を浴びせた。さきほどの叫び声がなんだったかと知りたがっているのだ。

弦十郎が振り返り、

「なんでもない」

鋭く言うと、町人たちも不承不承立ち去った。

「襲ってきた者の顔はごらんになりましたか？」

弦十郎が尋ねた。影の正体がわかれば、と思ってのことだ。

が、西塚は見えなかったと答える。

「小浜から室崎なる剣客が江戸へきたと伺っております。もしやその男ではなかろうかと存じまして……」

弦十郎も、早く室崎の姿を見ておきたかったのだ。

「室崎のことは聞いておるが、それがしも顔は知らぬゆえ……」

ということだから、確かめようがなかった。

「まさか二度も襲ってくることはありますまいが、念のため御屋敷まで同道いたします」

弦十郎が先に立って歩き出し、駕籠と警固の武士があとから続いた。

五

あくる日の八ツ（午後二時）過ぎに、鉱之助が柳花館を訪ねてきた。

いつになく鼻を膨《ふく》らませ、息が荒い。

鉱之助の姿を見た澄江が運んできた白湯《さゆ》を、一口すすってから、

「やはり、わしの言った通り狙われたな」

嘆息まじりに鉱之助が言った。

「やはり室崎だったか？」

昨日見た影の中に室崎が混じっていたかどうか確かめたかったのだが、鉱之助は膨れっ面《つら》のまま、

「室崎はいなかったようだ」と答えた。

「確かか？」

「警固の者に確かめたから、間違いない」

「では、室崎はまだ江戸に着いていないということか？」

「それはわからぬが、昨日の三人も相当できるらしい。駕籠のすぐそばまで近づかれ

たということだから、すんでのところで助かったのだ。もしおぬしがいなかったらどうなったことか……」

あのとき、弦十郎が駆けつけながら声を出さなかったら、おそらく警固の二人は斬られ、西塚も殺されていただろう。

「その三人の中に、もし室崎がいたらと思うとぞっとする」

鉱之助が言ったが、その表情には黒い不安が隠されていた。

「室崎なら、もっと手早く斬りかかっていたかもしれぬ」

「三人は駕籠に向かって誰何していたようだが、その分遅くなった。室崎なら、あのようなことはしなかっただろう」

それを思うと、弦十郎の背筋に恐怖が走ってきた。

あのとき、たまたま通行人がいたから助かったが、だれもいなければ三人は斬りかかっていただろう。弦十郎は駕籠から三十間も離れてつけていったのだが、あれでは離れすぎている。

――もっと近づかねば……。

胸底《むなそこ》にそう秘めて、唇を嚙んだ。

いつものように見所《けんぞ》に座った鉱之助が、

「ところで」と話を換えた。「島川のことだがな」

島川に警固を手伝ってもらえるかどうか、鉱之助に頼んであったのだが、その返事を持ってきたのかと、弦十郎は前のめりになっている。

が、鉱之助の表情は冴えないままだ。どうやら色好い返事ではなさそうだ。

「やはり……」

駄目だったかと肩を落とすと、鉱之助が小鼻を掻いてから言った。

「あの男のことを調べてみた」

あの男とは無礼な言い方をする。

「おぬし、五両貸したというが、その金、戻ってはこぬぞ」

「なにゆえわかる？」弦十郎は色をなして問い返した。

「島川は、あちこち無心して廻っているらしい」

島川の身なりや所作からして、諸方を廻って借金を繰り返していることは思いやられた。とすれば、すぐに返すことはできぬだろうと踏んでもいた。おそらくあの五両が返ってはこないだろうこともわかっていた。が、それを承知で貸したのだ。

だから、一向に動揺することはなかった。その態度を見て苛立ったのか、鉱之助が畳みかけた。

「そればかりではない。あの男は、酒と博奕《ばくち》に狂っており、だれひとり相手にしていないということだ。あのような男とは、すぐにでも縁を切ることだな」

「見捨てろと言うのか？」

弦十郎が喉から声を絞りだした。

鉱之助は冷然とした面持ちで、そうだと答え、

「いまごろは、長屋で酔うておるわ」と吐き棄てた。

「それはない」

断言した弦十郎だが、胸中では自分が倒れかかっている柱にすがっているのがわかっていた。

「わしが信じられぬなら、これから二人で島川の長屋を訪ねてみるか？」

鉱之助が悪戯《いたずら》っぽい視線を向けた。

「行ってどうするというのだ？」

「賭けるのだ。長屋で酔うておればわしの勝ちだ。島川を警固につけるという噺は、なかったことにしてくれ」

「では、酔うてなければ島川どのを警固に……？」

「つけてもよかろう」

「では、まいろう」

子どもじみた賭けではあったが、島川が酔っていなければ堂々と警固できることになるのだから、行かない手はない。

さっそく二人で、四谷伝馬町の島川の長屋を訪ねることにした。

長屋はどぶ板もきちんと掃除されていて、家守りの几帳面さが窺われるようであったが、島川伝内の部屋だけは別だった。

入るなり異臭が鼻を衝《つ》いた。酒と汚れが積み重なった異様な臭いである。これには弦十郎ですら思わず、

「これはっ」

と声を洩らしたものである。

その声を耳で拾った鉱之助が、横でほくそ笑んでいるのがわかった。

——負けたか……。

覚悟して島川の名を呼ぶと、部屋の奥にある布団が動いて持ちあがった。

中から出てきたのは、島川らしいが、顔は膨れあがっていて、過日道場で見た顔とは別人のようだ。

これが本当にあの島川かと疑ったほどであったが、

「島川どの……」

弦十郎が呼ぶでもなく、独り言を言うかのように声を出すと、

「おお、これは柳花館の……」

高森という名までは出てこなかったが、弦十郎の顔を覚えていたようだ。

「いかがなされた？」

病に臥せっているのではないかと、弦十郎が訊いたが、

「いや、別条《べつじょう》はござらん」

そう言って、すぐに顔をそむけた。

すると横にいた鉱之助が、

「だれかに殴られているぞ」

弦十郎の耳許で囁いた。

言われてから眼を凝らしてみると、たしかに島川の顔には殴られた痕《あと》がある。布団からはみ出している足に眼をやると、血の痕もある。

「喧嘩でもされたか？」

弦十郎が遠慮もなく訊くと、

「そのようでござるな」

島川は他人事のように言って、また布団をかぶってしまった。

それを見て、かっとなったのが鉱之助である。

「お手前、酔うておるな？」

部屋に充満する臭いで、だれにもわかる。それも尋常な酔い方ではない。泥酔《でいすい》に近い酔い方である。

だが、島川は、

「かまわんでくれ」

そう言って、布団の中で背中を向けてしまった。

「そうはいかぬ」

上がり框《かまち》まで近づいた鉱之助が、草履も脱がずに上がりこもうとした。それを止めた弦十郎が、

「出直してこよう」

と言ったのだが、すんなりうなずく鉱之助ではない。世間の非道や非礼には、人一倍敏感で、とことん糺《ただ》そうという性格なのである。

人が訪ねてきているというのに布団に潜り込んでいることからして、鉱之助には許しがたいことで、弦十郎がいなければ胸倉を摑んで、拳のひとつや二つは飛ばしてい

たことだろう。

鉱之助の勢いは布団の中の島川にも感じられたらしく、やっと布団をはねのけて、半身を起こした。猛禽《もうきん》が獲物を探すときのように相手を探している。

するとき鉱之助が、

「お手前、この男から金を借りたらしいが？」

もう喧嘩ごしになっている。

「借りたようだ」

島川がまた他人事のように言うのを聞いて、もう鉱之助も堪忍がならず、一歩進み出た。

「借りた金はどうした？」

もう同門の先達に対する口調ではない。

が、島川もそれくらいの罵声《ばせい》では動じない。

「さて、どうしたかの？」と嘯《うそぶ》いている。

こうなると、もう鉱之助の腹立ちはおさまらない。

「人に金を借りておきながら、それをどう使ったかわからぬと申すか？」

いきりたったせいか、声も掠れている。

鉱之助が怒りに燃えているのを知ってか知らずか、島川は、

「さよう。昨夜はどこへ行ったのかすら覚えておらぬ始末でな」

片手で頭を抱えるようにして、眉間に皺《しわ》を刻んでいる。二日酔いの顔だが、ただの二日酔いでないことは、躰中の怪我の痕ではっきりわかる。

「よくもまあ、ぬけぬけと……」

鉱之助の息の間隔が短くなっているのは、亢奮《こうふん》しているからである。

「いや、まことに申しわけがない。ほんとうに覚えておらぬのでな」

島川の酒臭い息が届いたのか、鉱之助は一歩下がってから、

「ほとんどは酒に消えたようだな?」

吐き棄てるように言った。

すると、島川は片手を顔の前で振り、

「いや、そうではござらん」

と言って唇を曲げた。

「では、どうした?」

「おそらく賭場じゃろう」

そう言って天井を眺めているのだから、島川という男も食えない。

端《はな》から騙すつもりで金を借りたのなら、よほどふてぶてしいが、弦十郎にはそうは思えないのだ。

そこで、弦十郎が上がり框に腰掛けて、

「昨夜はどうされたか、覚えていることをお話しいただけませぬか？」

丁重に言って、軽く頭まで下げた。

島川も、そこまでされると、さすがに膝を揃え、襟元を直してから、

「蕎麦屋で五合ほど飲んだのはよう覚えておるが、それからは……」

「賭場へ行ったと申されたが？」

「ああ、浅草の香具師《やし》がやっている賭場へまいったな」

「なにゆえ？」

「なにゆえと申されても……」

答えようがない、とでも言いたそうにうつむいている。

「あの金を元手に、出直すつもりではなかったのでござるか？」

「そのつもりだった」と島川が口を尖らせた。「が、酒を飲んでいるうちに、つい……。博奕に勝てば、金もふえ、その分やり直す機会もふえるのではないかと……」

「ところが、博奕に負けて、金は使ってしまったということでござるな。いかほど使

ったのでござる？」

弦十郎が詰問すると、島川は、

「五両近く……」

「というと、お貸しした五両をすべて一晩で？」

「いかにも」

恥じ入ることもなく答えた島川を見て、鉱之助が憤然となった。

「さようなことでよいと思うのか？」

「いや、このようなことをしてはならぬと思いつつ、つい賭場へ行き、少しだけなら、と始めたのじゃ」

島川が、うつむき加減で言葉を重ねた。

「もう一度もう一度と続けているうちに、いつの間にか五両がなくなり、胴元に金を借りてもう一勝負しようと思うたのじゃが、金は貸せぬと言う。これにかっとなって怒鳴ると、外へ出された。そうなればわしも黙ってはおられぬ。抜刀しようとしたとき、背後からなにかで殴られたらしい。どうやってここへ帰ってきたのか、わからぬ始末でな」

「自業自得《じごうじとく》だな」

鉱之助が憎体口《にくていぐち》で言ったが、島川は怒りもせずにうなずき、

「さよう。わしが悪かった。賭場などへ行ったわしが悪かったのじゃ」

そう言って、深くうなだれた。

悄然《しょうぜん》となっている島川に、鉱之助は追い討ちをかけた。

「あの五両をどうするつもりだ？」

「かならずお返しいたす」

「どのように？」

「いかようにも」

鉱之助は、もう島川を浮浪人としかみなしていないから、

「いかように返すつもりか、答えてもらおうか？」

脅《おど》すように言うと、島川もわずかに顔をあげて鉱之助を見たが、すぐに眼を伏せて、

「いまはまだ……」

案が浮かばないとでも言いたいのであろう。

「おぬし、柳花館に通っていたと聞いたが？」鉱之助が言ったが、返事を訊いているわけではない。島川が答える前に、重ねて言った。「柳花館門人の名折れだな」

そこまで罵倒されれば、憤然となってしかるべきところだが、島川は怒りを抑えているようでもない。長年の浮浪生活で、人から罵倒されることに慣れきっているのかもしれない。

鉱之助はまだ怒りがおさまらぬようだが、弦十郎は怒ってすむことではないと考えている。いくら島川に怒鳴りつけても詮《せん》なきことだ。

島川が救われるかどうかは、おのれ自身にかかっている。島川はいま地獄で苦しんでいるが、それも過去の因果からきているもので、逃れることはできないのだ。であれば、当分はその地獄で苦しむだけ苦しむしかないのではないだろうか？

鉱之助を外へつれ出した弦十郎が、振り返って島川に笑みを向けた。

その笑みには、皮肉もなければ嘲《あざけ》りもない。透き通った笑みである。

弦十郎の笑みを見た島川が、愕いたように息を呑んだ。

が、言葉は出てこない。ただ、茫然と弦十郎を見ている。腰高障子を閉めても、視線はそこに固まったままだった。

六

時雨《しぐれ》もやんで、深秋の研《と》ぎ澄まされたような空気が張り詰めている。こういうときに書見台に向かえば、さぞ頭に入るものだろうと、部屋の一隅に座ろうとしたとき、入り口で鉱之助の声が響いた。

いつものことだが、弦十郎の声も待たずに道場へ入っていく。

弦十郎があとから道場へ入ると、鉱之助はもう見所の前に胡坐をかいている。

「きたぞ」

「なにがだ？」

前置きもなく言って、高く腕を組む鉱之助だ。

「室崎だ」

その名を耳にして、弦十郎もさすがに呼吸を乱した。

「どうやら江戸へ入ったらしい」

「そうか」

「室崎を含めて五人が、二日前から江戸へきていることがわかった」

「どこにいる？」

「それはわからぬ」

「上屋敷ではないのだな？」

「むろん。船宿か旅籠《はたご》か、家臣の屋敷か、そこまでは摑めておらぬ」

鉱之助は、長息《ちょうそく》しつつ言ってから、忘れたとばかりにすぐに加えた。

「向後《こうご》の警固については、これまで以上に念を入れてくれ」

「言うまでもないこと」

弦十郎も唇を嚙んで気を引き締めている。

事態は切迫しているということで、こうなるとますます島川に警固を手伝わせるというくわだてはかなわなくなってきた。

鉱之助もあれまで罵倒したのだから、いまさら島川を使うこともできまいし、弦十郎が使うのも許さないだろう。だが、島川をこのままにはできぬと思い、

「島川どのに声をかけてみてよいか？」

弦十郎が不安を口辺《こうへん》に溜めると、

「あ奴のことなど、もう口にするな」

鉱之助が下唇を引き、歯をむきだして吐き棄てた。

「しかし……」

「あ奴は江戸から姿を消すだろう」

「いずこへ行く？」

「知らぬ。どこかへ逃げるに違いない」

「なにゆえわかる？」

「おぬしにはわからぬか？」

「わからぬ」

「さほどに、あ奴のことを信じられるのか？」

「信じておる」

「おぬしは、大したお人好しだな」

鉱之助が呆れ果てている。

「人を信じるときは、最後まで信じることにしておる」

「では、おぬしは大損をする」

「それでもよいではないか」

「だから、おぬしはいつまでもこのような暮らしをしておるのだ。おぬしほどの剣術の腕さえあれば、どこの家中でも師範代に雇ってくれよう。にもかかわらず、この貧乏道場の師範代にしがみついておるのだから、手に負えぬわ」

鉱之助は嘲ったが、本気ではない。そんな弦十郎を、どこかで慈しんでいるのだ。本気で嘲笑
だからこそ、性懲りもなく柳花館へきて仕事の世話などをしているのだ。

していれば道場へはくるまい、と弦十郎は観ている。

だから、どれほど罵倒されようが、平然と聞き流しているのだ。

「島川のことよりも、肝心の用件だ」

「用件とは？」

「警固の件だ」

「いつだ？」

「明後日、いつもの通り夕七ツに裏門へきてくれ」

「承知した」

「こたびは室崎もつけてくるかもしれぬ。くれぐれも用心してくれよ」

「わかっておる」

「わかっていても、用心せねばならぬ相手なのだ」

「よかろう」

「頼むぞ」

そう言って鉱之助が背を向けた。その背に向かって、

「島川どのだが……」

弦十郎が言った。

「なんだ？」

「やはり、手伝ってもらうわけにはいかぬか？」

まだ島川に厚情を尽くそうとしている弦十郎に、鉱之助は呆然となっている。

「それほどに島川を助けたいのか？」

「それは……」

弦十郎が言葉を探していると、鉱之助のほうが先に見つけた。

「むしろ足手まといになるだろう。あのような酔っ払いなら、いないほうが警固はしやすいはずだ。そうではないか？」

「形だけでよいのだ」

「形だけ警固をさせて、金をやろうというのか？」

「そうだ」

「それなら金を渡して、どこかへ追い払えばよかろう。あのような男がおれば、警固の邪魔になるのだ。あるいは、おぬしが怪我をするやもしれぬぞ」

鉱之助にきつくたしなめられたため、

「どうしても駄目か？」

弦十郎がうなだれて同情を引こうとしたが、鉱之助はにべもなく、

「駄目だ」と断じた。

「そうか」

「この噺は二度とするな」

鉱之助はきっぱり言って立ちあがった。

七

二日後の夕七ツ、小浜藩上屋敷の裏門そばで佇《たたず》んでいると、鉱之助が出てきて弦十郎に近づき、

「今日は、二人ふやす」

いかめしく言った。警固の家臣はふだん二人いるのだが、それを四人にするというのである。

わけを訊くと、室崎が江戸へきたことがわかったからだという。つまり、弦十郎だ

けでは心もとないということらしい。警固を頼まれた弦十郎としては面白くないが、さりとてそれで不平顔をするほどの齢でもない。

「で、行き先は？」

弦十郎が不満を表情の底に閉じ込めたまま訊いた。

「まだ言えぬ。ついて行ってくれ」

行き先も言えぬとは、相も変らず信用がないと弦十郎が唇を歪めていると、

「こたびはわしも知らんのだ」

鉱之助が嘘をつくはずもないから、西塚江戸屋敷奉行は行き先をだれにも知らせずに外出《そとで》するのだろう。それほど身に危険が及んでいるということかもしれない。

やがていつもの駕籠が出てくると、警固の家臣四人が取り囲んだ。駕籠は神楽坂を下って左折し、堀伝いに進む。小石川御門を渡って左へ歩いていくと、稲荷小路にさしかかる。道の右手は小旗本の屋敷が続き、左側は灌木や竹林が連なっている。左手には神田川が流れていて、土手には木々が生え茂り、鳥の啼き声が響き渡るのどかな江戸の夕間暮れを彩《いろど》っている。川向こうには聖堂《せいどう》が見えた。

聖堂のそばには通行人が目立つが、こちら側は人けがなく、夜は歩くのも憚《はばか》られるほど寂しい通りだ。弦十郎の本能が警戒の態勢をとらせ、辺りを見渡す視線も鋭くな

っている。

そのとき、左手の灌木の中から浪人態の五人の男があらわれて駕籠の前を塞いだ。警固の家臣が駕籠に近づいたが、そのときはもう五人の浪人が抜刀して斬りかかっている。

三十間も離れて見ていた弦十郎は、慌てて駆け出した。着慣れた稽古着姿だから走りやすいが、それでも走るのがもどかしい。駆け寄っている間に、家臣が浪人たちに襲われているのが見え、そうすると焦ってきて、足がもつれそうになる。が、弦十郎は、

「待てっ」

怒鳴りつつ、脇構えのまま駆けていった。と、

「邪魔をするな」

しゃがれ声で言ったのは、六尺以上もある大兵《だいひょう》で、仁王のような凄まじい形相の男である。

——もしや、これが……？

思ったのは、室崎ではないかということだ。

「若狭小浜の室崎覚蔵だな？」

確かめようとしたが、大兵は返事もせず斬りつけてきた。その切っ先を躱すのに、弦十郎が全力を注いだ。それほどに、大兵の腕はすさまじかったのである。

——間違いない。

この大兵が室崎だと確信した。これほど練達した剣術使いは、江戸にも十人とはいないだろう。弦十郎が真剣で立ちむかっていったところで、勝てるかどうか……。それほどの腕の持ち主だと踏んだ。

室崎ひとりでも太刀打ちできるかどうかわからないのに、敵はほかに四人もいる。

——これは……。

もう、いけないかもしれないと、弦十郎も怯んだ。

その隙を逃すまいと、敵は斬りかかってきた。そばでは警固の四人の武士が浪人たちに立ち向かっている。弦十郎の両側で、刃音《はおと》が鳴り、刃風《はかぜ》が舞っていた。

と、左右でほぼ同時に人が倒れる音がした。

弦十郎が眼の端で見ると、警固の家臣が二人倒れていた。

そのとき、浪人態の男が二人、ほぼ同時に弦十郎に斬りつけてきた。が、この二人、威勢こそよかったが、切っ先に力がない。弦十郎はすぐさま二人の腕を見切って、木剣をふるった。

二人の腕は同時に折れたであろう。別の手で腕を摑んで呻いている。

それを見た室崎たちは、構えなおした。

室崎の顔も変わっている。どうやら弦十郎を強敵と認めたらしい。

室崎は、残りの浪人に下がるように指示し、ひとりで立ち向かうことにしたらしい。

弦十郎と室崎が、路上で対峙《たいじ》した。

対岸の聖堂のほうへ向かって叫びでもすれば、通行人が気づくだろうが、そうしているうちに室崎の刀が伸びてくることは必定である。

弦十郎は木剣を正眼に構えた。室崎も正眼に構える。室崎が一歩、二歩と押してくる。

弦十郎は下がる。

そばにいる西塚と家臣も下がる。

そのとき、室崎が上段に振りかぶった。弦十郎は下がる。と、同時に右足が小石を踏み、躰が傾いた。

よろめきかけたとき、室崎の刀身が上から降りてきた。

こうなると、もう避けようがない。

死を覚悟したそのとき、室崎の刀身が途中で止まった。

——ここまでか……。

弦十郎と室崎の間に入ってきた男がいたのだ。

男は室崎の刀を刀で受け止めたまま押し返した。

室崎も、不意をつかれて体勢を崩した。男はそのまま室崎を倒したが、倒れつつも室崎の刀身は男のほうへと伸びている。

その剣尖《けんせん》が、男の肩に突き刺さった。

男はしばらく立っていたが、やがて大木が燃え落ちるときのように崩れた。

一瞬、なにが起こったかと呆然としていたが、どうやら男が弦十郎の身代わりとなって斬られたのだということがわかった。

男は倒れたが、室崎にも一矢《いっし》を報いた。室崎の剣尖を肩に受けた瞬間、男の刀が伸び、室崎の腿を貫いたのだ。

室崎が動揺したことはあきらかである。

「引けっ」

室崎が唸るように言い、足をひきずって逃げた。

ほかの浪人たちも逃げた。弦十郎が腕を折った浪人たちも、なんとか腕を抱えてあとを追った。

弦十郎が倒れた男を起こして顔を見ると、愕いたことに島川である。

よく見ると、左肩に刀身の痕がある。おそらくここへ室崎の一刀が刺さったのだろう。肩は血で朱に染まっていた。

「なにゆえここに？」

弦十郎が叫ぶと、島川は、

「途中でお見かけし……つけて……まいった……様子が妙なので、なにかあると……」

途切れ途切れに言って笑おうとした。が、むろん笑顔にはならない。痛みと恐怖で顔は歪んでいる。

「しかし、なにゆえかようなことを？」

弦十郎が訊いているのは、なにゆえ室崎に立ち向かっていったかということだ。

「なんとか……借りを……返したく……」

息を整えつつ島川が言った。

「たかが五両でござるぞ」

弦十郎が吐き棄てると、島川が声を振り絞って言った。

「いや……手前にとっては……大きな借りで……ござる」

「気にするほどのことではござらん」

島川がかすかにかぶりを振り、

「お手前には……なんと礼を申して……よいか」

弦十郎を見つめたまま言った。

「礼ならば、後日していただきましょう」

小声で言ったのが島川には聞こえなかったのだろう、一度聞き返すような眼を向けてから言った。

「それがし、生きておっても詮《せん》のない身……これでよかったのでござる」

島川は死ぬと覚悟しているが、弦十郎が見たところ、肩の傷は深くはなさそうだ。死ぬことはあるまいと確信して、

「なにを申されるか、これから幾度でもやり直せますぞ」

弦十郎の声は怒鳴り声になっていた。

そのとき西塚が弦十郎のそばへきて、島川の素性を尋ねた。

弦十郎は、なんと答えていいかわからない。

「この者はそれがしの知るべにて、島川伝内と申す者でござる」

「なにゆえ手前どもを、お助けくだされた？」

「それは……」

弦十郎が言葉を選んでいると、

「いずれにせよ恩人でござる。すぐに医師の所へお運びいたそう」

そう言って西塚が家来を呼び、町駕籠を運ぶように命じた。

斬られた二人はいずれも絶命していたため、あとで始末することにして、残った警固の家臣二人と弦十郎が、西塚と島川を乗せた駕籠を上屋敷まで警固することになった。


三日後、鉱之助が道場へきた。あのあと屋敷内で島川を治療した結果、なんとか命はとりとめたということであった。斬られた左肩から左腕にかけてはまだ自在に動かないが、右腕はなんとか動くし、暮らしに支障はないらしい。いずれは左腕も動くようになるだろう、と医師も言っているという。

西塚江戸屋敷奉行は、島川が命を投げ棄ててまで助けてくれたことに感銘し、治療費はもちろん小浜藩から出すことになったし、回復すれば仕官させるという約束までしてくれた。

島川はすっかり改心し、もちろん博奕もやめたし、一日も早く快癒《かいゆ》するようにと、いまでは屋敷内で左腕が動くようにと訓練に励んでいるということだった。

「人生、なにが幸いするかわからないものだな」と鉱之助が言った。「島川どのは、命を投げ棄てたことで仕官することができ、人生をおのれの手にとりもどすことができた。あのまま博奕にとりこまれていれば、いまごろはどこかでのたれ死にしただろうが、これからは小浜藩の家臣として何不自由のない暮らしをしていくことができるのだからな」

「まことに、人間万事塞翁《さいおう》が馬とはこのことだ」

弦十郎も腕組みして唸っている。その口辺《こうへん》には、笑みがこぼれていた。

持参金

一

陰暦十一月九日と言えば、いまの暦《こよみ》ではすでに師走に入っていて、風は冷たい。

弦十郎は、水戸藩上屋敷と駿河小島《するがおじま》松平丹後守《たんごのかみ》屋敷の間の通りを抜けて柳花館へ向かっていた。右手に火除《ひよ》け地が広がっているこの道は、ふだん人けもなく、夜は男ですらひとりでは通れないという寂しさである。

そろそろ夕七ツ半（午後五時）になろうかという刻限、夕靄《ゆうもや》が漂う道を金杉水道《かなすぎすいどう》町《ちょう》の柳花館へ向かっていた弦十郎の眼に、異様な光景が飛び込んできた。若い女が、こちらへ向かって駆けてくるのだ。

半丁も先から、裾《すそ》を乱して走ってくるのだが、あきらかに何者かから逃げているようだ。声も出せないのか、声を出せぬ事情があるのか、いずれとは知れぬが、一心不乱に駆けてくる。

弦十郎の視線が、女の背後を探ったが、追ってくる者の姿は見えない。ということは、かなりの間を置いているのか？

そんな思案をしているうちに、もう女はすぐそばまできている。

見れば、いずこかの屋敷の端女《はしため》らしい。齢はまだ二十には届かぬだろう。冬だというのに単衣《ひとえ》の着物で、素足に薄い草履という姿で、遮二無二《しゃにむに》駆けている。

靄の中に弦十郎を見つけたのだろう、女は脇目もふらず弦十郎のほうへ向かってきた。

弦十郎にぶつかりそうになる寸前、その場にひざまずき、そのまま叩頭《こうとう》した。

弦十郎はなにも言えず、ただ女を見下ろしている。

と、女が弦十郎を見あげ、

「お……助け……ください」

それだけの言葉を吐くのに、幾度も呼吸を整えている。

「どうした？」

弦十郎がやっとそう訊《たず》ねると、

「追われて……おります。追われて……」

これもまた幾度も言葉を途切れさせて言い、あろうことか弦十郎の稽古着の裾を摑んだ。

髪は乱れ、顔は埃《ほこり》にまみれているが、弦十郎を見つめる双眸《りょうめ》は澄んでいて、胡乱《うろん》な女でないことはわかる。が、事情が呑み込めないだけに、弦十郎もどうしてよいものか、戸惑うばかりだ。

追われているとは言うが、傳通院《でんづういん》のほうを見てもそれらしき人影は見えない。

「だれに追われておる？」

それもわからずに、どう助けてよいのか、弦十郎にも手のくだしようがない。

女はまだ座りこんだまま弦十郎を見あげ、

「どうぞ……」

すがる眼でなんとかそこまで言った直後、女はその場に崩れた。

弦十郎が抱き起こそうとしたとき、傳通院のほうから足音が聞こえた。

弦十郎の眼に入ったのは二人の武士である。いずれも袴《はかま》の股立ちをとっているから、どうやらこの女を追ってきたものだとわかる。

なにが起こっているのかも摑めぬまま、弦十郎は女をこのままにはできぬと判断し、そばにあった草むらに隠すことにした。

追ってくる武士はまだ半丁先だし、辺りは薄く靄が包んでいる。弦十郎が女を抱いて草むらに隠したのは見えなかっただろう。

女を隠したまではよかったが、そのまま立ち去るわけにもいかず、といってなにもない路傍《ろぼう》に佇《たたず》んでいるわけにもいかず、ためらっているところへ、武士が駆けてきた。

二人とも、同じ黒紋付の羽織に袴で、抜刀こそしてはいないが、いつでも柄に手をかけようという構えである。

「女を見なかったか？」

弦十郎に言ったのは、切れ長の眼をした長身瘦軀《そうく》の男だ。やたら額が広いのが眼につく。齢の頃は二十なかばというところか。

もうひとりも同じ齢ごろだが、こちらは肥満し、大きな顔の真ん中にある潰《つぶ》れた鼻が目をひく。

弦十郎が見なかったと答えると、その肥満の男が、

「いや、この道をきたのは確かだ。見なかったはずはない」

弦十郎の言葉を嘘だと断じている。

もうひとりの痩せたほうも、

「いかにも。この道を走ってきたのはわかっておる。おぬし、なにか隠しておるのではないか？」

そう言って一歩離れた。いつでも抜刀できるように構えたのである。

「手前は、ただこの道を歩いてきただけのこと……」

弦十郎が立ち去ろうとすると、

「待たれよ」

痩せた武士が前を塞《ふさ》いだ。塞いだまま、弦十郎を睨《ね》めつけている。弦十郎も背丈は高いほうだが、男の背丈は弦十郎よりもなお三寸ほども高い。

「手前、急ぐ身ゆえ……」

相手はしていられないと言わんばかりの口調に、二人が同時にかっとなったのが弦十郎にはわかった。

「おぬし、なにか見たであろう？」

潰れ鼻の肥満がそう言って刀の柄に手をかけた。

痩せたほうも同じく手をかけ、いつでも抜刀できるという構えになっている。

「ここがどこかご存じか？」

　弦十郎が声を潰して言うと、

「どこでもよいわ」

　潰れ鼻が、とうとう抜刀してしまった。

「ここは水戸藩上屋敷裏。この壁の向こうは後楽園でござる」

　弦十郎が言っても、潰れ鼻は、

「それがどうした？」

　と聞く耳を持たぬ様子だ。

「かような所で斬りあいなどすれば、あとで水戸家からいかようなお咎《とが》めがあるか承知しておろうな？」

　弦十郎がそこまで説くと、まず長身痩軀のほうが気づいて、抜刀しかけた刀を元に戻した。

　が、潰れ鼻のほうはまだそこまで思案が巡っていないらしく、

「女がどこへ行ったか言わぬと斬る」

　物騒なことを言って剣先を弦十郎に向けた。

　が、長身のほうが、

「もうよい。そこを曲がったかもしれぬ。追おう」

そう言って指差したのは、小石川下富坂町《しもとみざかまち》のほうへ向かう道だ。

「しかし……」

なおも弦十郎に憎悪の念を向けたままの潰れ鼻の袖を引くようにして、痩せた男が先に歩きだした。潰れ鼻は半身のまま弦十郎を睨みながら、引きずられるようにしてその道へと入っていった。

弦十郎は木剣だが、相手に重傷を負わせることはできる。もし、潰れ鼻が斬りかかってくれれば、弦十郎も木剣で相手をしなければならなかった。

そんなことになれば、あの二人はいまごろ大怪我をしているところだ。それはよいが、あとで面倒なことになる。羽織袴から見て、二人がいずこかの大名家の家臣か、幕臣だということは間違いない。となると、怪我をさせた弦十郎が追われることになるのだ。

そうならなくてよかったと、弦十郎が安堵の息を洩らしつつ、女を隠した草むらへ向かった。

まだ気を喪《うしな》っているだろうと、弦十郎が草むらへ顔を突っ込むと、不意に女の顔が出てきた。

顔は蒼《あお》ざめていて、しかも見てもわかるほど震えている。よほど強い恐怖を覚えていたのであろう。

「もう心配は、いらぬ」

弦十郎が女を立たせたが、脚が震えていてまともに立てない。

「どうだ、歩けるか？」

二人の武士も、いつ戻ってくるやもしれぬ。いつまでもここにはいられない。といってどうするか？

思案したのはわずかな間で、とどのつまりは道場へ連れていくしかなかった。

歩き始めたときは脚が震えてまっすぐに歩けないほどだったが、人目を気にしてか、やがて震えも止まって、傳通院の門前にきたときは、もう脚運びも元に戻っていた。

二

柳花館に戻ると、ひとまず道場へ案内し、庭の井戸から水を汲んできて飲ませた。

女は柄杓《ひしやく》の水を飲み干してから、大きな息を吐き、礼を言ってから名乗った。

女は小普請組《こぶしんぐみ》の旗本武尾弥五右衛門《たけおやごえもん》屋敷に奉公していた女中のお栄《えい》で、さきほど見

苦しいところを見せたのは、

「実は武尾家の家来に追われていたのでございます」

と言うから、弦十郎も愕《おどろ》きに打たれて眼をむいている。

「おまえが奉公しておる屋敷の家来が、なにゆえ追ってくるのだ？」

当然そう訊ねると、

「わたしが見たからです」

そう言ったお栄の大きな眼は濡れているようだった。泣いていたのか、恐怖で涙が出てきたのか、それとも安堵が涙になったのか、いずれにせよその場には不釣合いな涙ではあった。

「なにを見たのだ？」

「御屋敷に奉公していた倉太《くらた》という中間《ちゅうげん》が殺されたのです」

「だれに？」

「殿さまです」

「殿さまというと、武尾弥五右衛門どのか？」

「はい」

「なにゆえに？」

「存じません。わけもなく斬られたのです」

「無礼討ちか？」

無礼討ちとは、武士が家来や奉公人を屋敷内で斬り捨てることだ。戦国の気風がまだ残っていた時代はままあったという。昔は家来もそれなりの矜持《きょうじ》を持っていて、主君に反駁《はんばく》することも珍しくなかった。ために主が斬殺したのだが、それで罪になることはなく、お咎《とが》め程度で済んだのだ。

が、太平の世になってからはそうはいかず、たとえ町人百姓を無礼討ちにしても、納得できるわけがなければ、きびしい処罰が待っていた。ときには切腹ということにもなったため、無礼討ちをする武士も少なくなっていた。

だが、お栄は無礼討ちではないと言う。

「いきなり呼びつけられて、斬られたのでございます」

「それを、おまえは見たのか？」

弦十郎が訊くと、お栄は大きくうなずきながら、

「はい」

そう言って、うつむいた。ややあってあげた顔は半泣きの表情になっている。

「それは、いつのことだ？」

弦十郎が訊くと、お栄が大きな眼を見開いたまま、

「十日ほど前のことでございます」

声を絞りだした。

「十日も前のことか？」

なぜそれまでじっとしていたのかという口調の弦十郎に、お栄もむきになって、

「やっと逃げ出してきたのです」

「というと、閉じ込められていたのか？」

「そのようなものです」

「そのようなもの？」

「御屋敷の外へ出られなかったのです。もし勝手に出れば殺すと、殿さまに脅されておりました」

「どうやって逃げてきた？」

「隙を見て裏口から……」

「家来は、倉太という中間が殺されたことを知っておるのか？」

「みな知っております」

「では、なにゆえ訴えぬ？」

「倉太さんが悪いと思っているからです」

「悪いとは？」

「倉太さんが、八重《やえ》さまと密通したと思っているのです」

「八重というのは？」

「奥方さまです。日本橋通旅籠町《とおりはたごちょう》にある藤倉屋《ふじくらや》という呉服問屋のお嬢さまだったんですが、つい半年前に御輿《おこし》入れになったばかりでした」

「半年前に輿入れした奥方が、中間と密通したというのか？」

そんなことがあるものかと、世情に疎《うと》い弦十郎ですら首を傾げた。

「奥方の齢は？」

弦十郎が訊いたのは、不義密通の相手になる女かどうか計っていたのだ。

「確か二十五だと……」

「それで初めての婚儀だったのか？」

「そのように伺っております」

二十五で初婚というのはあまりに遅い。

「その八重どのは、なんというか、男が惚れ込むような方であったのか？」

弦十郎が言葉を拾いながら言ったが、その問いが、倉太が密通をしたのではないかという疑惑の上にあることを覚ったのだろう、お栄が憮然として答えた。

「いえ、お人柄はそれはもうよいお方でございましたが、こう申してはなんですが、器量《きりょう》はあまりいいほうではございませんでした」

「では、男が狂ってしまうような艶《つや》っぽい女ではなかったということだな？」

「それはもちろん……」

お栄がうなずきながら言った。

「密通していないという証《あかし》はあるか？」

「倉太さんとわたしは、ふた月後に夫婦になるはずでした。半年前に約束して、それをたのしみに暮らしておりました。わたしたちは御屋敷奉公をやめ、倉太さんと二人して裏店にでも住んで小商《こあきな》いでもして暮らす約束をしておりました。その矢先に、倉太さんが殿さまに斬られてしまったのです。それも、奥方さまと不義密通したということで……。ふた月後にいっしょに暮らそうという男が、不義密通などするでしょうか？」

そんなことをするわけがないと言いたいのだろう、お栄がまた泣き出しそうになっている。

「ほんとうに、倉太は奥方と密通したのではないのだな？」

「間違いございません。もし不義密通したのなら、その場で斬られたはずです。でも、倉太さんは殿さまに呼び出され、蔵の中で斬られたのです」

「なぜ知っておる？」

「わたしと倉太さんが勝手口で逢っていたとき、殿さまが呼んでいるというので、倉太さんが蔵へ行ったのです。殿さまがじかに倉太さんを呼ぶなんて、変なこともあるものだなと思って、あとをつけていったのです。すると倉太さんは蔵の中へ入り、それからしばらくして殿さまが出てきました。倉太さんはいつまで経っても出てこないので、おかしいと思って蔵の中へ入ったのです。すると、倉太さんが斬られておりました」

「だが、見たわけではなかろう」

「殿さまに斬られたと、倉太さんがそう言ったのです」

「倉太がそう言ったのか？」

あまりの愕きに、弦十郎の声も甲走《かんばし》っている。

「嘘ではありません」

「で、そのことをだれかに言ったのか？」

「御家来に言いました」

「で、家来はなんと?」

「奥方さまと密通したから斬られたのだと言われたのです」

「では、奥方も斬られたのか?」

「奥の御座敷で斬られておりました」

お栄はうなだれた。

「だが、おまえが見たというだけでは証にはならぬな」

弦十郎が腕組みをして唸った。

お栄の噺は、あくまでお栄の推察であり、証となるものはなにもない。武尾に不義密通だと強弁されれば、引き下がるしかないだろう。

また御番所に訴えたところで、証らしいものはなにひとつないのだから、探索にあたってくれるかどうかも心もとない。

弦十郎がどうしたものかと思案していると、噺を信じていないとでも思ったのか、お栄が言った。

「これは二度目のことなのです」

「二度目?」

「三年前にも一度、こういうことがあったのです」

それは思いもよらぬことだ。弦十郎は瞠目《どうもく》したままお栄を見ていた。

「三年前、奥方さまが弥助《やすけ》という中間と密通して、殿さまに斬られたらしいのです」

「らしい、ということは、おまえが見たわけではないのだな？」

「わたしは二年前にお屋敷へ奉公にまいりましたので……」

見たわけではないというのだ。

「では、だれかに聞いたのだな？」

「倉太さんから聞いたのです。あのときも今度も、まったく同じやり方なのです。どちらも中間が奥方さまと不義密通したから斬り捨てたということですが、たぶん三年前も不義密通などなかったに違いありません」

お栄はそう言い張るが、これも推察に過ぎない。

「で、その奥方というのは？」

「確か、小石川三百坂《さんびゃくざか》にお住まいの宇田《うだ》九八郎《くはちろう》さまという御家人のご息女で、久恵《ひさえ》さまとか……」

その名を頭に叩き込んでから、

「このことを、御番所で言う覚悟はあるか？」

弦十郎が確かめた。

「はい」

お栄は弦十郎の眼を凝視している。その眼には、ゆるぎのない光があった。

「わたしはいつ死んでもかまわないのです」

お栄に言われ、

「それは……」

弦十郎のほうが戸惑った。命がけで逃げてきたのだと思うと、なんとしても護《まも》ってやらねばと肝に銘じるのだった。

「倉太さんが死んでから、わたしは幾度も自害しようとしたのです。それでも死にきれず……。でも、ただ死ぬのではあまりに悔《くや》しいと思うようになったのです。どうせなら、殿さまに罰を与えてもらおうと。それからなら、いつ死んでも悔いはないと思ったのです」

お栄の気持ちは弦十郎にも通じた。それならば、源吉となんとかしてやりたいものだと覚悟を決めた。

とにかく源吉に相談してみることにしようと決め、念のために確かめた。

「屋敷に奉公人は幾人いる？」

「わたしを含めて八人です」

「ほかのみなも、武尾の行状を知っているのか？」

「はい。奉公人は奥方さまと中間が不義密通で斬られたと聞かされてはおりますが、薄々はほんとうのことに気づいております」

「それでも、だれも知らせようとはしないのか？」

「みな怖いのです。知らせれば殺されるとわかっていますから。でも、わたしはもう死んだつもりでおります。だから、どんなことでもするつもりです」

お栄がきっぱり言って弦十郎を見た。

三

源吉の家へ行くと、ちょうど出てきたところに出くわした。頼みがあると言うと、

「いまから倅《せがれ》の所へまいりますが、先生もごいっしょにいかがですか？」と誘われた。

源吉の倅信吉《しんきち》は、陸尺町《ろくしやくまち》で「源蕎麦《げんそば》」という蕎麦屋をやっている。父の名・源吉の源をとって店の名にしたということからわかる通り、近所でも評判の孝行息子なのである。

「源蕎麦」の二階は信吉夫婦の寝所《しんじょ》になっているが、下がいっぱいになったときは客をあげることもある。その部屋でいっしょに住めばどうかと誘われているのだが、源吉は拒み続けている。

源吉に言わせると、倅夫婦といっしょに住めば、気苦労が絶えない。それよりは、ひとりで気ままに暮らしていたほうがはるかに気楽だというのだ。

確かに、源吉の長屋には始終女が出入りしているし、実に気ままに暮らしている。男なら、だれしも羨《うらや》む暮らしぶりだ。倅夫婦に首根っこを押さえつけられて、蕎麦ばかり食べて暮らすより、いまのほうがよほど心地よいということは弦十郎にもわかる。

「源蕎麦」へ行くというので、そのままついていった弦十郎だが、店の隅に座ると、信吉が出てきて、是非ともうちの蕎麦を食べていってくれと薦《すす》められた。そんなつもりはなかったのだが、遠慮するのもどうかと、蕎麦を馳走《ちそう》してもらうことにした。

源吉と二人で蕎麦をたぐりながら、弦十郎が語ったのは、お栄から聞いた噺だ。日本橋通旅籠町の藤倉屋の娘八重が武尾家に嫁ぎ、中間の倉太と不義密通に及んだため、主に斬殺されたということになっているが、それは実は嘘の塊で、無辜《むこ》の二人を武尾が斬殺した。女中のお栄がそう証言しているという噺をしたところ、しきりに瞬《まばた》

きをしながら聞いていた源吉が、

「そいつぁ、聞き捨てならねえ噺ですね」

そう言って箸を置いた。

「昔なじみの手先から、さような噺を耳にしたことはないか？」

元岡っ引だから、源吉のところには色々な噺がいまも舞い込んでくるらしい。大店の娘が不義をはたらいて主人に斬られたという噺なら、瓦版《かわらばん》にうってつけだ。岡っ引の耳に入れば、真っ先に跳びつくだろう。だが、源吉は聞いたことがないという。

「そんな噺は聞きませんね」とかぶりを振ってから、源吉が言った。「ですが、藤倉屋の主はなぜ御番所に届けなかったのでございましょう？」

「御番所が旗本を調べることはできぬからではないか？」

そんなことは当然だろうと、弦十郎は訝しげな視線を源吉に浴びせつつ言った。武士は目付が、町人は奉行所が裁く、というのがこの時代の定法《じょうほう》だ。

源吉は、そんなことは承知しているとばかりにうなずきながら、

「もちろん、じかには調べられません。が、近所や出入りの商人に訊くくらいのことはできますからね」

そう言って口を尖らせている。

「調べたのではないか？」

「それなら、あっしの耳にも入るはずです」

「ということは、調べていないということか……」

「おそらく、藤倉屋は届けちゃいねえんでさ」

源吉は、また箸を持った。

が、弦十郎は箸を置いたまま、首を傾けた。腑《ふ》に落ちないことがあったのだ。

「しかし、大店の娘が旗本の家に嫁いだりするものなのか？」

弦十郎が、気がかりだったことを口にすると、源吉は軽くうなずきながら言った。

「なあに、近ごろは珍しい噺じゃありませんぜ。こう不景気になると、どこの旗本御家人も内証《ないしょう》はたちゆきません。それで金がある大店の娘を嫁にとり、その持参金でなんとかやりくりしようってえ旗本はごろごろしてまさあ」

持参金のほかに嫁入り道具も持たせる家があるから、嫁入りさせる家の出費はなまなかなものではない。商人《あきんど》から旗本へ嫁ぐといっても、いったんどこかの旗本の家の養女にしてからということになるが、それは形だけのことで、中身は同じことだ。このような場合は、商人の家に嫁入りさせる何倍もの持参金を用意することになる。

持参金を用意するのは、ほかにもわけがある。嫁のほうから離縁を申し出れば別だが、夫から嫁へ三行半《みくだりはん》をつきつけたときは、持参金を全額返金しなければならないことになっていた。

夫のほうから離縁を言い渡せば、すぐに持参金を揃えて返さねばならない。が、そのときはすでに使ってしまっている。どうにもならず、それならと我慢してそのまま暮らすことが多かった。つまり、持参金は、嫁が自分の地位を保全するための担保といった意味合いが強かったのである。

そんな噺を源吉から聞いた弦十郎が、

「祝言をあげるのも楽ではないな」

苦々しく言いはしたが、その口調は淡々としている。婚儀などとは縁遠い弦十郎に
は、絵空事でしかないのだ。

「しかし、三年の間に二度も同じようなことが起こったとなると、これは放ってはお
けませんぜ」

源吉が蕎麦を食べ終わって腕まくりしている。六十を越えた老人だが、元岡っ引だ
けに腕には肉が盛りあがっている。

「まずは日本橋通旅籠町の藤倉屋へ行って、仔細を聞いてまいります」

すると弦十郎が、

「では、わしもまいろう」

そう言ってから立ちあがった。

「では、明日にでもごいっしょにまいりましょう」

源吉も立ちあがって、膨《ふく》れた腹を叩いた。

あくる日の午下がり、源吉のほうから柳花館へ弦十郎を迎えにきた。

弦十郎が先を歩き、源吉がやや後ろについて、お供をするという格好で歩いている。

源吉は、朝のうちに藤倉屋のことを調べてきたらしく、弦十郎に伝えている。

「藤倉屋は江戸でも十本の指に入ろうかという呉服屋でしてね。越後屋や大丸屋みたいな老舗《しにせ》ではございませんが、この十年で急に繁盛してきたというお店《たな》です。奉公人が五十人はくだらないと言いますから、それはかなりのもんですよ」

「それだけの大店なら、それなりに力もあるだろう？」

「そりゃあ……」

「そんな大店が、娘が斬られたというのに御番所にも届けなかったのか？」

「そのようで……」

「おかしな噺だな」

「まったく……」

話しながら歩いているともう日本橋通旅籠町で、藤倉屋の前までくると、弦十郎が店先で丁稚を呼び、

「娘御《むすめご》のことで噺がある。主《あるじ》に会いたい」

そう言うと、番頭が出てきて奥へ通してくれた。

なにしろ稽古着姿の弦十郎と、元岡っ引の老人が店先に立っているのだ。物乞《ものご》いかと勘違いして、丁稚に塩をまかれてもやむをえないと思っていた。ところが、すんなり奥まで案内されたものだから、かえって狼狽《ろうばい》してしまった。

娘のことで、という台詞《せりふ》が効いたのだろう。それだけ主が気にかけている、ということにほかならない。

廊下づたいに奥へ進むと、部屋が二十近くも並んでいた。奥には客間らしき部屋が並んでおり、その一室に通された。

主は弦十郎たちを見て一瞬色を失ったようだ。あまりの格好に愕いたのだろう。が、すぐに落ち着きをとりもどして、治兵衛《じへえ》だと名乗った。

背が低く、むくんだような顔つきで、太りすぎているためか、眼も鼻も顔に埋もれ

ているかに見える。

で、どういう噺かと訊く眼は底光りがしていた。

「半年前、こちらの娘御が旗本の武尾どのの家に嫁がれたと伺ったが？」

弦十郎が探り探り言ったところで、治兵衛は弦十郎たちの素性を訊ねた。

弦十郎と源吉が、それぞれ名乗ると、なおのこと怪訝《けげん》そうに、

「お八重とはいったいどのような？」

かかわりがあるのかと、不審げな眼を向けた。

「実は……」

と言って弦十郎が話したのは、お栄から聞いた噺だ。八重と倉太が不義密通の咎で斬殺されたというのは偽りらしく、三年前にも同じ咎で斬られた奥方と中間の噺もある。それでこうして訪ねてきたのだと言うと、治兵衛は膝をすり寄せてきて、息がかかるほど弦十郎に近づいた。

「それがほんとうなら、やはり手前が思っていた通りでございました」

治兵衛は膝を寄せてから、声を低くした。

「思っていた通りとは？」

「娘は不義などはたらいておりません。あの男に殺されたのです」

治兵衛は肉に埋まって細くなった眼をむいて、鈍い光を浮かべた。

「そういう疑いを持っておられたのか？」

「はじめから、娘が不義をはたらいたなどという噺は信じておりませんでした。娘は、密通をするような子ではございません」

人の親ならだれしもそう言うに違いなく、それでは説き伏せられるわけがない。

「なにゆえ、そう思われるか？」

「八重はおとなしい子でございます。男と話すだけで顔を真っ赤にするような子でございます。さような娘が、不義密通などしでかそうはずがございません」

治兵衛は額を紅くしてそう言うが、男のほうから強引に誘われるということもある。

「だが、それでは証になりませぬな」

弦十郎もついきびしい口調になっている。

「しかし……」

治兵衛が言って、膝の上の拳を固めた。どう言ってよいものか、思案に余るのだろう。

うつろな表情のまま、治兵衛が言葉を絞りだした。

「わずか三年の間に、武尾さまはたて続けに四人も不義の咎で斬殺したということになります。さようなことがございましょうか？」

「たしかに異なことだとは思われる」

弦十郎が言うと、

「おそらく武尾さまは端《はな》から娘を殺すつもりだったのです。不義をはたらいたとなれば、たとえ斬り殺したところで不問に付されましょう。だから、不義をはたらいたと嘘をついたのです。娘の不義の相手は、倉太という中間だったということですが、その男もいっしょに殺されております。ということは、死人に口なしで、見ていた者はだれもおりません。武尾さまは見たと言いますが、自分だけが不義の場を見て、勝手に斬り殺したなどという噺を、いったいだれが信じましょう？」

治兵衛も娘のことを思い出したのか、悲しみが蘇《よみがえ》ってきたようだ。声が震えているようにも聞こえる。

「しかし、武尾どのはなんのために娘御を殺したのでござろうか？」

弦十郎が訊くと、治兵衛はあっけにとられたというように口をあんぐり開けて弦十郎を見てから言った。

「それは持参金目当てに決まっておりましょう」

弦十郎は、やはりという眼で横にいる源吉を見た。

「娘が不義をはたらいたということで、持参金は戻ってまいりませんでした。武尾さまは、さぞ助かったことでしょう」

皮肉まじりにそう言って、治兵衛は怒りに顔を赤らめている。

「その持参金はいかほどでござろうか？」

そういうことには縁のない弦十郎だから、まったくわからない。

「うちでは三百両と、ほかにも家具一切を持たせました」

「三百……」

弦十郎と源吉が顔を見合わせ、眼をみはった。

三百両といえば、ひと財産だ。このところ諸色《しょしき》があがっているとはいえ、三百両あれば、家来を抱えた旗本の家でも、勝手向きが楽になることは間違いない。

「武尾さまは金を目当てに祝言をあげ、半年も経たぬうちに娘を斬り殺したのです。おそらく夫婦らしい暮らしなど、したことがなかったに違いありません。そう思うと、娘が不憫《ふびん》でなりません」

娘のことを思うと、悔しくてならないに違いない。

「この一件、御番所には届けられたか？」

弦十郎が訊くと、治兵衛は半身をのけぞらせるようにしてから、

「いえ、それが……」

届けてはいないと言う。

「なにゆえ？」

「武尾さまがさように言われまして……。娘が不義をはたらいて主人に斬られた、などということが知れたら、お店の評判に傷がつくだろうと言うのです。そんなことになれば、たちまちお店は傾いて、奉公人もやめさせるしかなくなるだろうと……」

「で、いかように？」

「娘もその中間も、病死ということに……」

「それで内済《ないさい》ということでござるか？」

「申しわけございません」

治兵衛は叩頭して謝ったが、弦十郎にそんなことをしてもどうなるものでもなく、

「それでは武尾どのの思う壺でござるな」

こういうことが有耶無耶《うやむや》で終わっていいわけがない。

「では、ご主人はいまも内密にしておきたいと……？」

訊ねたのは源吉だ。

「いえ、武尾さまが以前にも二人も斬ったという噺を聞いて気が変わりました。このようなことを見逃していては、これから幾人も斬られてしまいかねません。こうなれば、手前もどこへでも出て証言するつもりでおります」

治兵衛が神妙に言って、弦十郎と源吉をかわるがわる凝視した。

治兵衛の覚悟もわかった以上、このままにはしておけない。

「これは、一度武尾どのに会ってみる必要がござるな」

弦十郎が腹をくくったが、

「それは、かないますかどうか……」

治兵衛は悲観している。

「と申されると？」

「手前も幾度もまいりました。是非とも会って仔細を聞きたいと訪ねたのですが、武尾さまは一度も会ってはくれませんでした。いつも御用人が出てきて、追い払われたのでございます」

「それは治兵衛どのが八重どのの父親だからでござろう。それがしは当人ではないし、なにか口実を作って会いにいけば、おそらく会うことはできましょう。会えれば、娘御のことについて問い詰めるつもりでござる」

弦十郎が言うと、治兵衛も瞠目し、

「なるほど、それは妙案でございます。それに、手前どもと違って高森さまは今度の件についてはじかにかかわっているわけではございません。そこが付け目かもしれません。何卒よろしくお願いいたします」

と頭を下げた。

弦十郎の胸中には確かなものなどなかったが、会いさえすれば武尾を追及できそうな気がしていた。

四

藤倉屋を出た弦十郎が、源吉に武尾の家を訪ねてみようと思うと言うと、源吉が止めた。

「ですが、いま行っても証になるものがありませんぜ。このまま行っても、武尾に笑いとばされて追い払われるのが関の山でございましょう。それより、証を探してから行ったほうがよろしいんじゃねえですかね」

源吉にそう言われ、

「それもそうだな」弦十郎は素直に変えた。「では、まず宇田どのの家へまいろう」

宇田に会えば、娘の久恵がどのように殺されたかわかるだろう。

「それは名案ですね。なにか聞きだせるかもしれません」

そう言って、源吉がぽんと手を叩いた。

思い立ったが吉日ということもある。こういうことは、一度ためらえば脚が重くなってしまうものだ。弦十郎は、その脚で宇田の屋敷へ向かった。

御家人を訪ねるなら、弦十郎ひとりのほうがいいと言ったのは源吉だ。御家人とはいえ武士には違いない。町人が武士の家を訪ねるのは、なるべく控えたほうがいいという判断なのだ。世故《せこ》に長《た》けた源吉らしい考えである。

それで弦十郎がひとりで三百坂へ向かうことになった。三百坂は柳花館からは目と鼻の先だ。行ってみると、住まいはすぐにわかった。

この辺りには御家人の組屋敷が建ち並んでいるが、宇田の屋敷は一軒家になっていて、外から見てもわかるほど広い。

旗本にも大身から微禄《びろく》の者まで色々あるように、御家人といっても裕福な御家人から極貧の暮らしを強いられている者まで種々いる。宇田はどうやら裕福なほうらしい。

式台のある玄関で訪《おとな》いを告げると、用人などが出てくるわけでもなく、そのまま主人の宇田九八郎があらわれた。この辺りはやはり御家人で、旗本ならそうはしないだろう。


弦十郎が名乗ると、治兵衛がそうしたように怪訝な視線を弦十郎に這わせ、

「ご用向きは？」

なにかと訊ねた。


弦十郎が、藤倉屋で治兵衛にした噺を繰り返すと、宇田は口を開けたまま、欄間《らんま》を見つめていたが、やがて弦十郎に視線を戻し、

「やはり、わしの思った通りだったか……」

思いつめたように呟いた。

「仔細を、お聞かせくだされましょうか？」

弦十郎が口を結ぶと、

「御聞きくださるか？」宇田は弦十郎に近づいて言った。「いまから三年前、娘の久恵が武尾弥五右衛門に嫁いだのでござる。ところが、嫁いでふた月もせぬうちに、娘から、離縁したいという手紙が届いたのでござる。わずかふた月で離縁とはどういうことかと、それがしもあっけにとられ、もうしばらく辛抱せよと手紙を送ったのでご

ざる。娘も初めての祝言であったし、慣れないこともあるだろう。そこは辛抱すれば、いずれ慣れてくるだろうと思ったのでござる。妻にも相談いたしたが、妻もこへ嫁いできた頃は戸惑うことばかりで、ひとりで泣いたことも一度や二度ではないということだし、おなごというものはそういうものだと申すもので……。それから三月も経たぬうちに、今度は武尾から知らせがきたのでござる」

「いかような？」

「娘が死んだというのでござる」

あまりに唐突な噺で、弦十郎の頭も混乱してきた。

「武尾どのは、いかように知らせてきましたか？」

弦十郎が訊くと、

「不義をはたらいたというのでござる」

宇田が憮然として答えた。

「不義……？」

「むろん出まかせでござる。こう申してはなんでござるが、久恵は決して器量のよいほうではござらぬ。男が手を出すような美人でもないし、不義密通などとは縁のない娘でござった。むろん気立てはやさしく、親から見ればかような女こそ妻にふさわしいと思うておりますが、男と不義をはたらくなど、できようはずがござらん。それを、武尾は中間と不義をはたらいたゆえ、二人とも斬り捨てたと申すのでござる」

「それは……」

弦十郎も、なんと言ってよいかわからない。

「不義をはたらいたという証拠を見せてほしいと申したところ、この眼で二人が褥《しとね》にいるところを見たと……」

「ほかの者は見ておらぬのでござるか？」

「いかにも。武尾ひとりが見たと申しておるが、さようなことは当てになりませぬ」

弦十郎は長息《ちょうそく》してから言った。

「そのことは上役に届けられたか？」

宇田も御家人だから、上役の頭支配《かしらしはい》がいるだろう。幕臣同士の悶着《もんちゃく》なら、まず頭支配に届け、その後評定所に送ることになっている。

「上役には訴え申したが、とりあってはくれませせぬ」

「それは……」

当然かもしれないと弦十郎は思っている。

嫁入りした娘が不義をはたらいて斬殺されたというが、それは捏造《ねつぞう》だと訴えたところで、証拠がなければ取り合ってはくれまい。それに、上役としても、支配の御家人がそのように面倒なことにまきこまれたとなると、自分が責めを負うことになる。であれば、できるかぎり伏せておこうとするのは人情というものだろう。

弦十郎の推察は当たっていた。

「頭支配も武尾も同じことを申したのでござる。このようなことが噂にでもなれば、武尾家も宇田家も改易取り潰しになりかねぬ。ここはお互いが辛抱し、内密のうちに事をおさめたほうがよいということになったのでござる」

「では、この噺はほとんど知られずにおさまったのでござるか？」

「我が家の奉公人ですら知りますまい」

「それは……」

その徹底ぶりに弦十郎も呆然となっている。

「誓って申すが、娘は不義をはたらくような女ではござらん。そのような汚名を着たまま、問答無用で斬り殺されて、娘がかわいそうでなりませぬ。妻は、幾月も眠れぬ夜が重なって躰を壊したし、それがしも、悔しさの余り幾度も刀を睨んだことがござる」

宇田の声は、最後には震えだして、もう嗚咽《おえつ》を洩らしそうになっている。

「それは、ご同情申しあげる」

弦十郎もそうとでも言うしかない。

だが、実のところ、どうすることもできないようである。娘が不義をはたらいていない、というのは父親である宇田の言うことで、武尾は二人が抱き合っているのを見たと言っている。どちらも証拠がないわけで、上役はもちろん評定所でもどうすることもできなかったであろう。

「なにか証があれば、上役もとりあげてくれましょうが……」

弦十郎も腕を組んで沈思《ちんし》にふけっていたが、やがて宇田を見て、

「お尋ねしたいことがござる」

かしこまって訊いた。

「なにか？」

「お手前も、武尾どのに持参金を渡したのでござろうか？」

「それは嫁入りでござるゆえ……」当然のことだという顔をしている。「些少《さしよう》だが、渡しました」

「不躾《ぶしつけ》ながら、いかほど？」

それは非礼きわまる質問で、怒られても当然だったが、弦十郎の聴きかたがよほど

屈託のないものだったからか、宇田もさほど拘泥《こうでい》することもなく、

「八十両ほどを……」

すんなり、洩らしてしまった。

藤倉屋の三百両に較べると少ないようだが、御家人の持参金としてはどうなのか？

「それは、多いほうでござろうか？」

これも聞きようによっては無礼な問いであろうが、宇田はさしたる動揺も見せず、淡々と答えた。

「多いほうでござろう。それだけの持参金を出しても、武尾家へ嫁がせたかったのでござる」

「なにゆえに？」

「御家人の家から旗本の家に嫁ぐというのは、誉《ほま》れでござる。親ならだれしも持参金を奮発するはずでござる」

幕臣でもなく、大名家の家臣でもなくなった弦十郎には無縁のことで、わからぬことばかりだが、親心というものの一端は解せるような気がした。

「先ほどお話しした大店の娘御といっしょに斬殺された中間には、実は許婚《いいなずけ》のようなおなごがおりました。そのおなごが、なんとしても武尾の罪をあばき、罰してほしい

と申すのでござる」

弦十郎が言うと、宇田が右膝をわずかに寄せて、

「それがしも同意でござる」

そう言ってから、死んだ娘を悼むかのように眼を瞑《つむ》った。

「それがしも、なんとかしようと宇田どのに会いにまいった次第でござるが、なにしろ証となるものがなく……」

弦十郎が胸を冷たくしていると、宇田がまた膝を寄せて言った。

「その証、お手前に探していただくわけにはまいりますまいか」

「しかし……」

弦十郎がためらっていると、いきなり宇田が畳に両手をつき、頭をすりつけた。

「それがしを不憫《ふびん》と思うてくだされ。お願いいたす」

弦十郎は慌てて宇田の顔をあげさせた。あがった宇田の顔は怒りと悲しみで大きく歪《ゆが》んでいる。涙まじりの声で、

「どうか、どうか……」

弦十郎に訴えるのだ。

こうなると、弦十郎も拒み通すわけにはいかない。

「なんとかしてみましょう。が、あてにはしてくださるな。できるだけのことはいたしますが、もしなんら成果がなくとも、お気を落とされぬよう」

宇田の肩を抱くようにして言うと、

「お引き受けくだされるか」

弦十郎の噺を正しく解っているのかどうか、そんなことを言って喜色を顔いっぱいにひろげている。

弦十郎は、背負った荷の重みを全身で感じつつ、宇田家を去った。

五

柳花館へ戻ると、だれもいない道場で鉱之助が待っていた。

弦十郎を見るなり、

「どこへ行っておった？」

いきなり怒るのだから、弦十郎もどう対処してよいものか戸惑ってしまう。

弦十郎が、これまでの経緯を話そうとすると、

「それより……」

腰を折って、福井藩攘夷派の現状について語りだしたのだから、相変わらず自儘《じまま》な男である。

鉱之助の噺によると、越前福井藩では春嶽が隠居急度慎《きっとつつし》みという処罰を受けてからというもの、すっかり左内や中根雪江ら改革派の求心力が弱くなり、保守派の巻き返しが始まったという。狛山城《こまやましろ》らの家老は、左内や中根を左遷《させん》せよという強硬論を唱えだし、左内もいつまで江戸にとどまっていられるかわからないらしい。

このような状況にあって、左内派の家臣たちの中からは、ここで決起して保守派に対抗すべしという強硬論が出ており、左内がその領袖《りょうしゅう》に祭りあげられそうだというのである。

「で、橋本どのは起《た》つおつもりなのか？」

弦十郎が訊いたのは、もし起つようなことがあれば、鉱之助までもが巻き込まれてしまうと懸念したからである。

鉱之助はかぶりを振った。左内には是非とも決起してもらい、福井藩ばかりか、小浜藩の改革派を主導してもらいたいと願っているらしい。

「このままでは、保守派の天下となる。橋本どのら改革派の行き場がなくなるゆえ、なんとしても勢力を保持しようとするだろう。ところが、橋本どのはさような勢力争いには関心を寄せておられぬらしい。春嶽公が隠居急度慎みとなってからは、抜け殻同然で、なにもする気になれぬらしいのだ。それがまた改革派の面々にはじれったく、この大事なときになにをしているのか、という不満になる。その改革派の気持ちは、おれにもわかるがな」

　小浜藩でも、梅田雲浜が捕縛されてから、改革派が勢いをなくしている。その隙に、保守派が勢力図を塗り替えようと、次々に改革派を説き伏せている。それでも聞かぬ改革派は、腕ずくで考えを変えようと、強引に家臣をとりこんでいるという。ここで改革派が引き下がれば、そのままずるずると家中で霧消してしまう。だからこそ踏ん張らねばならぬのだと、鉱之助がひとりで昂《たかぶ》っている。

「考えを変えぬ者はどうなるのだ？」

　弦十郎が訊くと、

「十年前なら粘り強く説き伏せただろうが、数年前からは事情が変わってきた」

　鉱之助が、萎《しお》れた声で言った。

「どう変わったのだ？」

「荒っぽくなった。言うことを聞かぬ奴は斬ってしまおうということになってきた。物騒なことだ」

「では、小浜藩の改革派も……？」

「斬られるやもしれぬな。先日も、稲荷小路で西塚さまが室崎たちに狙われたからな」

これは、いよいよ油断のならない事態となった。そう考えているところへ、

「室崎を侮ってはならぬぞ」

鉱之助がたしなめた。

「侮りはせぬ。先日、稲荷小路で対峙したときに室崎の腕はわかった。奴は確かに強い。おそらくおれよりも強いだろう。あのとき、島川どのが跳びだしてこなければ、おれは斬られていただろう」

弦十郎が振り返って言ったが、鉱之助の顔には不平が閉じ込められていた。

鉱之助が帰ると、弦十郎は道場を出た。

思い切って、武尾の屋敷を訪ねてみようと思いついたのだ。

――このまま座していても埒《らち》はあかぬ。

それなら、こちらから乗り込み、証となる手がかりのかけらでも見つけようと思ったのである。

武尾の屋敷は、小日向《こびなた》の徳雲寺《とくうんじ》裏にあった。板葺きの門を入ると、砂利が敷かれて

いて、その先が玄関になっている。訪いを告げるとすぐに若党が出てきて、玄関脇にある座敷へ通された。

そのとき、庭に男が佇んでいるのが見えた。

「あれは……」

間違いなく、お栄を追ってきた武士のひとりだ。

肥満した潰れ鼻だから間違えようはずがない。

——ということは……。

もうひとりの長身痩軀の武士も、この屋敷にいるのだろうか？

ここで遭遇するとは思いもよらなかったが、向こうが気づけばどうなることか、弦十郎の木剣を握る手にもつい力がこもった。

座敷でしばらく待っていると、武尾本人があらわれた。

武尾弥五右衛門は、背が高く、恰幅のよい三十過ぎの男であった。稽古着姿の弦十郎を見ると、笑みを湛えたまま、ごく自然に応じた。

人当たりのよい笑顔で、罪もない男女を四人も斬殺した男とは、とても見えない。が、この笑顔の裏側には、恐るべき非情さが隠されているに違いないのだ。

訪《おと》ないの口実は、前もって考えてあった。近所に道場を構えたいので挨拶に参上し

た、ということにしたのだ。稽古着のまま訪ねたのが、このときは奏功したのか、

「道場を開かれるとか？」

武尾は笑みのまま続けた。

「はい、まだ決まったわけではござらぬが、あらかじめご近所のみなさまにお伺いをしておこうと存じまして」

「それはご丁寧に痛み入る。で、どちらに構えるおつもりか？」

もちろん開くつもりなどないから、それには答えられない。

「ここからは半丁も離れておりますが、もし道場を開けば門弟たちが前の通りを歩くことにもなり、こちらにもご迷惑をかけることになるやもしれぬと思い……」

「それは念の入ったことでござるな」

武尾は嘘とも知らず、満面に笑みを浮かべている。

そこで、弦十郎が本題に触れてみた。

「奥方さまにも御挨拶をしておきたいところですが、こちらには奥方さまがおいでにならないと伺いましたが？」

すると武尾の顔がにわかに曇って、表情が一変した。

「奥はただいま他出中だが？」

そう言ったが、頬がかすかに震えているのを弦十郎は見逃さなかった。

「では、奥方さまはおいでになるのでございますか？」

「おるにはおるが、他出中だと申しておる」

「それは異なことでござるな」

「なにがだ？」

武尾の声が尖ってきた。

「ご近所を挨拶に廻っておりますと、妙な噂が聞こえてまいりました」

「妙な噂？」

「はい、こちらの奥方さまは、武尾さまに斬られてお歿《なくな》りになったのだというのでござる。まさかさようなことはないと思いましたが、世間の噂というのはまことにいいかげんなものでございますな」

弦十郎が言いながら武尾の眼眸を覗きこんでいる。どのように些細な動きも見逃すまいと、食い入るように見つめていた。

すると武尾の口許に、不気味な笑みが浮かんできた。

「おぬし、何者か？」

弦十郎がただの挨拶にきたわけではないと、やっと気づいたらしい。

「ですから、移転のご挨拶に……」

言いかけた弦十郎を、

「もうよい。何者だ、名乗れ」

声は低く、冷たい。

弦十郎も、これ以上は芝居を続けることはできぬと断じ、素の自分になって、そのまま名乗った上、

「仔細《しさい》あって、お手前の奥方が歿ったことについて探索しておるところ」

そこまで手の内をあかした。

「だれに頼まれた？」

「それは申すわけにはまいりませぬ」

「ははあ、宇田だな。宇田が頼んだのだ。そうだな？」

武尾が薄笑いを浮かべながら言った。

「宇田さまとは？」

弦十郎がとぼけると、唾でも吐くように言ってから、すぐに重ねた。

「宇田の娘をもらったのは確かだ。その娘が、こともあろうに中間と不義をはたらいた。ゆえにわしが斬り捨てた。それを、あの男は邪推し、ゆえなくわしが斬り捨てた

と申しておる。あれから盆になるとここへきて、死んだ中間を弔《とむら》いたいと言う。むろん嫌味でさようなことをしておるのだ。弔いたいなら寺へ行けと申すのだが、宇田は庭先で成仏を祈りたいと申してな。いつまでも居座って、久恵のことを話して帰るのだ。こたびはおぬしにさような噺をしたらしいが、まったくしつこい男だ」

武尾が昂りを辛うじて抑えて言った。

「宇田という仁が何者か、それがしには覚えがありませぬ。が、宇田どのの娘御が不義をはたらいたというのはまことでござろうか？」

あとで宇田に迷惑をかけてはならぬと思い、弦十郎はあくまで宇田に会ったことは伏せることにした。

「むろん」

「その証はござろうか？」

「この眼で見たのだ」

「ほかにどなたか見た方は？」

「おらぬ。わしだけだ」

「それでは証になりませぬな」

弦十郎が言うと、武尾は鼻を鳴らしてから、

「不義をはたらくときは隠れて行うもの。わざわざ人目につくようにする者はおるまい」

どうやら、その台詞が武尾の自信の裏づけになっているらしい。

「だが、二人を斬ったとなると物音も叫び声もするはず。お見受けしたところ、当屋敷には奉公人も大勢いるようです。だれひとり見た者もなく、音を聞いた者もいないというのは解せませぬが」

弦十郎が理詰めで言うと、武尾も冷静になって庭の向こうを指差し、

「二人が不義をはたらいたのは奥の離れだ。あそこはちょうどよい隠れ場所になっておる。母屋からも遠く、奉公人は近づかぬゆえ、見た者も聞いた者も出てこなかったのだ」

そう言ってから、弦十郎を憫笑《びんしょう》した。それくらいのこともわからぬか、とでも言いたいのだろう。

返す言葉を探していた弦十郎に、武尾がとどめを刺しにきた。

「おぬし、これ以上この一件にかかわるようならわしにも思案がある。目付に訴え、しかるべき処置をさせるが、それでもよいか？」

そう言われても、弦十郎は返す言葉が見つからない。

悔しいが、ここは黙って引き下がるしかないようだ。

「ご無礼つかまつった」

と言って辞去した弦十郎は、左手の木剣が折れんばかりに強く握った。

六

柳花館へ戻った弦十郎を待っていたのは、澄江であった。

話があるというので、いつものように見所《けんぞ》の前へ行って向き合うと、

「どうすればよいか、途方に暮れております」

澄江はうつむいたまま、消え入りそうな声で言った。

「いかがなされた？」

弦十郎が顔を近づけようとしたのは、澄江の声があまりに小さかったからだ。

「橋本先生が、もう教えるのはやめたいと……」

澄江は毎日、常盤橋御門の福井藩邸へ行き、左内に蘭学を学んでいたのだが、突然左内が教えるのをやめると言い出したらしい。それは思いもよらぬことで、

「なにゆえ？」

まずその言葉が口をついて出てきた。

「さ、それが……」

澄江にもわからないと言うのだ。

弦十郎にも、当然解せない。

「橋本どのは、なんと言われたのでござる？」

「なにも。ただ、よんどころなき事情ができたためとしか……」

ということは、左内はおのれの意思で教えるのをやめたわけではなく、なにかの事情があって、やむにやまれず教えられなくなったということらしい。

「わけはおっしゃらなかったのでござるか？」

「はい」

「なにも言わず、もう教えられぬと？」

「さように」

「それは……」

弦十郎は、絶句するほかない。蘭学を学んでいた澄江が、頼りにしていた橋本左内に突然やめると放りだされたのだ。落胆するのも当然である。

「で、いつから？」

弦十郎が訊くと、

「明日からでございます」

胸の前に頭を落とすようにして言った。

「それはまた唐突な……」

あまりにも急なことで、弦十郎も啞然となっている。

「先生から書物をいただいてまいりました」

澄江が隣の部屋を振り返った。

「書物とは？」

「橋本先生がお持ちの蘭書を、十冊ばかりいただいたのです」

「それは稀少なものでござるか？」

「そう伺っております」と澄江が大きくうなずいた。「ご遠慮申し上げたのですが、橋本先生はどうしても持っていけと……」

「どうしてもと？」

「はい、申しわけないから、お詫びのしるしに蘭書を譲るとおっしゃるのです」

「それにしても困ったことになった」

弦十郎は澄江の身になりきって思案している。

「どうすればよろしいのでしょうか？」

澄江も頭を抱えんばかりだ。

「ほかに蘭学を学ぶ所はないか……？」

自分に訊くかのように呟いたが、二本松からきたばかりの、それも女に蘭学を教えてやろうという奇特な仁《じん》が江戸にいるとも思われぬ。

そのとき澄江が思わぬことを言い出した。

「橋本先生は、大坂へ行けばよいと仰せでございました」

「大坂へ？」

「先生は大坂の適塾で学ばれておりましたゆえ、緒方洪庵《おがたこうあん》先生に頼めば入塾させていただけるとのことです。もし行くのなら、添え状も書いてくださるということでございました」

「だが、女ひとりで大坂へ行くというのは……」

むつかしかろうと弦十郎も眉間を曇らせている。

この時代、女のひとり旅などありえない。下男を連れての旅ならできるが、その下男も若い男なら支障もあるため、年老いた者を選ぶのだ。

六助がいればちょうどよいのだが、もはや歿ったし、どうすることもできぬ。

「ひとりでも平気でございます」

澄江はそう言うのだが、弦十郎には法螺噺《ほらばなし》にしか聞こえない。

「さて、どうしたものか……」

と別の思案をしている。が、澄江は、

「いえ、ひとりでまいります」

そう言って弦十郎を睨んだ。

富次郎が死んだあと、かわりに左内に蘭学を学びたいと言い出すなど、確かに澄江が強靱《きようじん》な意志の持ち主だということはわかっているが、それにしても東海道を女ひとりで大坂まで行くなど並大抵のことではない。

「それについては、しばらく思案してみましょう」

弦十郎が言ったのは、鉱之助のことが頭にあったからである。小浜藩では国許《くにもと》と江戸を往来する藩士もいるだろう。中には鉱之助が親しくしている藩士もいるかもしれない。その藩士に同道してもらえば、女でも見咎《みとが》められることもない。

明日にでも鉱之助に相談してみようと決めて、もうひとつの心配の種を口にした。

「大坂へ行くとなると、それなりに金がかかります。行ってからも金はかかりましょう。奉公をするのなら給金ももらえるでしょうが、学問をしに行くのだから金も入らぬゆえ、日々の暮らしの費《つい》えもかかりましょう」

いったいいくらかかるものか、弦十郎には見当もつかない。

澄江は左内に蘭学を学んでいた間、慣れないのに道場を掃除し、水仕事をしていた。が、それは店賃がわりという約束だったから、弦十郎からは一銭も払っていなかったのだ。これから大坂へ行くと言っても、路銀どころか、わずかな金すら持っていないはずだった。

男なら途中で働くなどして金を稼げばなんとかなるかもしれないが、女ひとりではそういうこともできない。やはり、まとまった金がなければ大坂へ向かうことはできそうになかった。

「向後《こうご》のことについては、また案も出てまいりましょう。しばらくは、ここでゆっくりされるがよろしかろう」

弦十郎が言うと、澄江は強くかぶりを振って言った。

「いえ、なにもせず、いつまでもご厚意《こうい》に甘えておるわけにはまいりませぬ。江戸にいては蘭学を学べぬ以上、いつまでも逗留《とうりゅう》しておるわけにはまいりませぬ。こうなれば、一日も早く大坂へまいりたいと存じます。そのためにも、早く路銀を蓄えねばなりません。そこで、わたくしは奉公に出ようと思っております」

きっぱりそう言ったのだから、そう思い定めていたのであろう。

「奉公に？」

「はい」

「しかし、澄江どのは奉公になど出たこともないし……」

それどころか、水仕事も掃除もみなここへきて覚えたのだ。奉公に出るとなると、いまの何層倍も仕事はきつくなる。そんなことができるわけがないと、弦十郎は確信していた。

「いえ、やればなんとかなりましょう」

澄江は世間を知らない。だからこそ、そんなことを言っている。が、世間はきびしい。この道場では叱る者はいないが、奉公先では怒鳴られることもあるだろう。そんなことに、果たして澄江が耐えられるかどうか。澄江が気丈だということは知っているが、それでも耐えられぬほどのことがあるに違いないのだ。だから、

「道場で水仕事などをしてくだされば、給金をお支払いいたすが？」

そう言ったのは、だれかに借りれば少しは出せると思ったからだが、

「それでは高森さまにもご迷惑をおかけすることになります。ここはどうしても奉公をして、路銀を蓄えとうございます」

澄江が、思いつめた表情で弦十郎に言った。

弦十郎も、澄江の強い意志を感じ取り、止めることはできなかった。

翌日から、二人で奉公先を探すことにしようという約束をして、それぞれが部屋へ戻った。

ところが、小半刻も経たぬうちに事態は急変した。なにかが決まるときは次々に決まるものだ。

鉱之助が道場へきて、いつものように見所の前に座りこみ、

「大きな不始末だ」

言うなり、勢いよく腕を組み、鼻から音を立てて息を吐いた。

「なんのことだ？」

「原島さまが斬られた」

「留守居役の原島さまが？」

「さよう」

「で、傷は？」と弦十郎が訊いた。

「深手を負ったが、幸い命はとりとめた。が、これはわしの不始末だ」

「なにゆえ？」

鉱之助は恥じ入っているが、そこまでおのれを責める必要があるのか、弦十郎にはわからない。そのわけを、鉱之助が話した。

「狙われるとすれば西塚さまと決めつけておった。が、よくよく思案してみれば、原島さまも改革派のひとりだ。確かに西塚さまが江戸の改革派を主導しており、西塚さまがいなければ、江戸改革派は立ちゆかなくなる。原島さまは諸藩との連絡《つなぎ》という役目を果たされていたかもしれぬが、その実はたいした役割をこなしていたわけではない。ゆえに、わしも軽く見ておった。当然、刺客団も原島さまを軽く見ることだろうと決めつけておった。それがあやまりだったのだ」

「だが、おぬしの不始末とは言えまい」

弦十郎が慰撫《いぶ》すると、鉱之助は虚空を睨んだまま言った。

「刺客は、改革派を根絶やしにしようとしている。そう思わせれば、改革派は四散してしまう。そこを狙ったに違いないのだ」

「なるほど。刺客団も手ごわいな」

「いかにも」

鉱之助は、腕組みをほどいて首筋を揉んだ。このところの心労が、首にきているのだろう。

「小浜藩主も、京都所司代となった以上、公儀にたてつくようなことはできぬし、また家中でそうした動きがあれば、徹底して潰しにかかるだろうな」

弦十郎が言うと、「おぬしもわかっておるではないか」と感心してから鉱之助が言った。「殿もなりふりかまっておられぬというところだ。だからこそ、家臣の梅田雲浜をまず捕らえたのであろうよ」

「つまり、本気だというところを見せつけたのだな？」

「そういうことだ」

「されば、江戸へきた刺客団も、なにをするかわからぬな」

「だからこそ、原島さまを斬ったのだ」

「これからは、西塚さまに外出《そとで》を控えていただくしかあるまい」

弦十郎ひとりで警固をするのは無理だと、暗に言ったのだが、鉱之助には通じていない。

「いや、そうはいかぬ。西塚さまには、これから活動していただかねばならぬ。諸藩の改革派と結束するためには、いままで以上に出向き、要人と会う必要があるのだ。西塚さまもそうするつもりだと仰せだ」

「だが……」

「そのためには、おぬしの撃剣の腕が頼りなのだ」

「そうは言うが……」

「小浜藩、いやこの日本のためにも、どうか合力《ごうりき》してくれ」

大仰に言う鉱之助に、弦十郎も気圧《けお》され気味である。

「しかし……」

という弦十郎の声は、

「頼むぞ」

鉱之助の力強い声に、かき消された。

そのとき、隣室の物音に気づいた鉱之助が、目顔《めがお》でなんの音かと訊いた。

「澄江どのだ」

弦十郎が言うと、

「橋本どのに蘭学を学んでいるという、あのおなごか？」

鉱之助が確かめた。弦十郎は隣室を見ながら言った。

「橋本どのからは、もう教えてもらえなくなったのだ」

「なにゆえ？」

「それがわからぬ。いきなり、教えるのは今日までと言われたらしい。それで途方に暮れていたのだが、大坂へ行くことになってな。そのための路銀を稼ぐため、奉公に出ることになったのだ」

「路銀がないのか？」

「大坂へ行ってからの金もない」

弦十郎がきっぱり言うと、鉱之助が、

「いかほど入用なのだ？」と訊く。

「それは見当もつかぬ」

弦十郎が首を振っていると、鉱之助が指を折りながら言った。

「大坂までの路銀なら、男の脚で十両、女なら十五両もあれば足りるだろう。だが、向こうで暮らす分も含めると、およそ三十両は必要だろうな」

こういう算勘《さんかん》については、鉱之助は人一倍長《た》けている。

「そういうものか」

弦十郎は、ただうなずくばかりだ。

「大坂では、澄江どのもなにかして稼がねばならぬやもしれぬな」

「なにかとは？」

「蘭学を活かしてできるものもあろう」

「それは向こうで口添えしてくれるかもしれんな」

「そうして暮らすしかあるまい」

「だが、肝心なのは金だ。三十両もの金を稼ぐには何年かかることか……」

弦十郎が案じ顔で言うと、

「わしが立て替えようか」

鉱之助が思いもよらぬことを言い出した。

「立て替えるとは？」

「おぬしの警固料を立て替えてもよい」

「しかし、警固がいつまで続くかわからんではないか」

「当分は続くだろう」

「しかし……」

「いやか？」

「とんでもない。澄江どのが奉公しなくてすむのだから、そうしてもらうのが一番だ」

「おぬしが澄江どのに貸す、ということになるのだぞ」

鉱之助に念を押されるまでもない。

「それは承知しておる」

「では三十両、明日にでも持ってくる」

鉱之助が言うと、

「ほんとうに、そうしてくれるのか？」

弦十郎が唖然となっている。

「わしが出すのではない。藩庫から出すだけだ」

だから鉱之助の懐が痛むわけではないのだという。そう言われれば気も楽になった。

「では、ついでにもうひとつ頼みがある」

家臣が国へ帰るときに、澄江を同道させてもらいたいと頼むと、

「それはたやすいことだ。家臣が十日に一度は国へ行く。そのときに同道すればよかろう。わしが懇意にしておる者に頼めば、安心できる」

鉱之助の一言で、思案を重ねてきたことが一気にかたがついた。

「だが、気になるな」

懸念を眉間に集めたのは鉱之助だ。

「なにがだ？」

まだ厄介なことがあるのかと、弦十郎も不安を眼に溜めている。が、鉱之助が言ったのは別のことだ。

「橋本どののことだが……」

「なにが気になるのだ？」

「澄江どのに教えられなくなったという噺だ」

「ああ、それはおれも気にはなっていた」

「わけをおっしゃらなかったのだな？」

「そうらしい」と言ってから、弦十郎が思い出した。「そういえば、貴重な蘭書を十冊も澄江どのに下さったそうだ」

「蘭書を？」

「澄江どのも遠慮したのだが、どうしてもと渡されたらしい」

「それは、ますます気になるな」

鉱之助は、道場の窓を見た。

「なにかあったのか？」

弦十郎も気がかりだ。

「起つのかもしれぬ」

「起つとは？」

「改革派のため、戦うつもりになったのかも知れぬ」

鉱之助の声には、昂りがある。鉱之助自身、左内に起ってもらいたいという思いがあるのだろう。

が、弦十郎には別の思案がある。これは家中でのお家騒動とはまったく違うことだ。越前福井藩の中だけでおさまるようなことではない。左内が起てば、他藩への影響もある。諸藩の同志が大老に立ち向かうようなことになれば、江戸中が火の海になるやも知れぬ。それだけは避けたい。そう弦十郎は思っている。

が、鉱之助は熱くなっている。

「噂では烈公も、謹慎している屋敷からいろいろと下知を出されているそうだ。橋本どのが起つというのも、春嶽公の下知があったからかも知れぬな」

鉱之助の頭の中では、夢想が膨らんでいるようである。

もはや弦十郎には止めようがない。

「こうなると、小浜藩もいつまでも手をこまねいてはおれぬ。このことを、西塚さまにお知らせしてくる」

そう言うなり、道場を跳びだしてしまった。

残された弦十郎は、茫然と外を見ていた。

七

あくる日、鉱之助がきて懐中から紙入れをとりだした。中から出てきたのは五十両もの大金だ。小判も数枚あるが、大半は南鐐《なんりょう》や一分金、一分銀で、使いやすいようにしてあった。

「三十両でよいのだ」

弦十郎が言ったのは、あまりに大金だったからだ。それほど警固が続くものかもわからないのに、五十両も前借するわけにはいかぬ。

「いや、これはおぬしの前借分ではない」

鉱之助が声を落とした。

「ではなんだ？」

弦十郎も、おそるおそる金を眺めている。

「この五十両は、西塚さまから餞別にといただいたものだ。澄江どのの路銀と大坂での生計《たつき》に使ってもらいたいという仰せだ」

江戸屋敷奉行の西塚が、澄江のために出してくれたものだという。

「なにゆえに?」

弦十郎が訊いたのも当然である。澄江のことなど知らぬ西塚が、なにゆえ五十両もの大金を出してくれるというのか、弦十郎には合点がいかない。

「これまでのおぬしや島川どのの警固に、なんとか礼をしたかったということだ。それに、向後も警固を頼みたいということもある」

「だが、これは大金過ぎる」

礼金にしてはあまりに多い。受け取るのを躊躇《ためら》っていると、

「とっておけ。どうせ西塚さまの懐から出たものではない。藩庫から出した金なのだ。それに、おぬしにやるのではない。澄江どのの夢のために出すのだ。おぬしが遠慮してどうする?」

言われてみればその通りで、受け取るかどうかは澄江が決めることだ。

澄江を呼んできて、金を渡すと、もちろん愕いて、初めは受け取れないと拒んだが、鉱之助に説得されて、押し戴《いただ》くようにして受け取った。

これで澄江は奉公に出る必要もなくなり、鉱之助の知るべの藩士が小浜へ行くときに大坂へ出発できることになった。

橋本左内に会って、適塾の緒方洪庵へ口添えの手紙を書いてもらうと、十日もしないうちに鉱之助から知らせがあり、出立《しゅったつ》の日も決まった。

その日の朝、旅仕度を調《ととの》えた澄江が、柳斎と弦十郎に別れを告げにきて、

「大坂に着けば、また便りをお送りします」

深く辞儀をした。

左内から教えてもらえなくなったことは残念だったが、大坂へ行ってやり直そうという決意が固まったらしい。澄江の双眸には、決然たる光がかいま見えた。

この幾月か、左内から蘭学を学んだのだから、適塾へ行っても十分ついていけるだろうと励ますと、

「ここまでこられたのも、みな高森さまのおかげです。なんとお礼を申しあげてよいか……」

いまにも涙ぐみそうになった。

「適塾を出られたら、是非江戸へ寄ってくだされ。今度は、蘭方医として澄江どのに柳斎先生を診ていただきたいものですな」

そう言って、ことさらに歯を見せて笑った。

澄江も顔を歪めて、なんとか笑おうとつとめている。が、うまく笑顔は拵《こしら》えること

ができない。ただこうべを垂れて謝意を伝えようとしている。

その日は朝の稽古を早めに切り上げて、弦十郎が澄江を品川まで見送りに行った。品川宿では、澄江がいっしょに旅をする小浜藩士の眼もはばからず泪を流し、弦十郎も苦笑して、なんとか東海道へ送り出した。

くるときは澄江のために歩きやすい道を選んで品川宿まできたが、帰りは弦十郎ひとりだし、近道を行こうと別の道をたどった。

高輪南町《たかなわみなみちょう》を左へ折れて今里村《いまざと》、白金村《しろかね》を通り、渋谷川を渡って麻布本村町《あざぶほんむらちょう》、元赤坂町《もとあかさかまち》から濠《ほり》伝いに牛込御門へと歩くつもりでいたのだ。

が、白金村を通り過ぎた辺りから、弦十郎は視線が背中にまとわりつくのを感じるようになった。

確かに、だれかに見られているような気配があるのだ。

——刺客か？

すぐさま思い浮かんだのが、室崎たち刺客団のことである。が、刺客の二人は腕を折ったし、室崎は島川に腿を刺されて歩けないはずだ。刺客団のほかの者か、それともまったく別の刺客か？

弦十郎は、正体を見極められぬまま歩き続けている。

まだ昼九ツ（十二時）前ではあるが、辺りは武家屋敷や百姓家ばかりで、通行人もいない。襲う気になれば、いつでも斬りかかってくることはできる。にもかかわらず、いつまで経っても襲ってこない。

渋谷川を渡って歩み続け、いつの間にか麻布桜田町《あざぶさくらだちょう》まできた。ここまでくると町家がふえて、道を行きかう人の姿も眼につくようになる。あとはずっと賑やかな通りだから、襲うのも容易ではない。

なにゆえ辺鄙《へんぴ》な場所で襲わなかったのか、弦十郎には解せない。

――あるいは……。

もともと、襲うつもりはなかったのかもしれない。だとすれば、尾行し続けてきたことにも合点がいく。

それにしても、つけてくる者は、よほど練達の腕を持っているようだ。弦十郎も、途中幾度かわからぬように振り返り、尾行者の姿を確かめようとしたが、幾度試みても姿が見えない。

相手が手だれだとわかると、なおのこと不気味で、弦十郎もつい肩に力が入ってしまう。歩き方にもいつもの滑らかさがなくなり、躰全体が硬くなってしまったようである。

こういうときに襲撃されると、ふだんの力は発揮できぬものだ。相手の腕次第では、弦十郎も危うかったかもしれぬ。

牛込御門の手前まできたとき、不意に殺気のようなものが消えた。

弦十郎が振り向くと、塀に隠れようとする人影が見えた。

一瞬のことで、しかも横からしか見えなかったが、その影には見覚えがあった。

——あのときの……。

西塚が駕籠で移動していたとき、あとを追ってきた三人のうちのひとりに酷似しているのだ。

三人と斬りあったわけではなく、遠くから見ただけだから確かなことではないが、あのとき西塚の駕籠に近づいて誰何《すいか》していた三人のうちのひとりに似ている。

——おそらく間違いあるまい。

気がつけば、それまで背中に張りついていた視線も消えていた。どうやら弦十郎を監視していたものらしい。

弦十郎は、そのまま濠伝いに船《ふな》河《か》原《わら》橋のほうへと歩んでいった。

八

澄江が去って、道場にはお栄がひとり残された。

澄江と違ってお栄は女中だったし、掃除も水仕事も苦にはならないらしく、澄江よりはるかに手際よくすませてくれた。弦十郎にとってはありがたいことだったが、澄江が去って四日目の昏《く》れ方《がた》、庭で畑仕事をしていた弦十郎のそばへきて、

「長い間お世話になりました」

と深々と頭を下げたから、驚愕と寂寥《せきりょう》が同時に襲ってきて、弦十郎も狼狽した。

まだ狙われているかもしれないのだから、ここにいたほうがいいと説得したが、お栄の決意は固いようだ。

「いつまでも逃げてはおれません」

「では、在所《ざいしょ》へ帰るか？」

てっきりそうするものだと思い込んでいた弦十郎の耳朶《じだ》に飛びこんできたのは、耳を疑う言葉だった。

「ここへきてから、毎晩ろくに眠れませんでした。眠ろうとすると、倉太さんが出て

くるのです。笑顔を見せてくれるときはいいのですが、ほとんどは苦しそうにしていました。斬られたときの顔なんでしょう。あの倉太さんの顔を見ると、どうしてもこのままではすまされるものではないと思うようになりました」

お栄の声には、悲痛なものがある。

「どうするつもりだ？」

「殿さまに会ってきます」

「武尾どのに会ってどうする？」

「倉太さんの恨みを晴らしたいのです」

「どう晴らすのだ？」

「斬るのでございます」

「なにを……」

愚かなことを、と言いたかったが、その言葉すら出てこないほど弦十郎は愕いていた。

「武尾どのの屋敷には家来もいる。武尾どのも無腰ではないのだ。そんな所へおなごのおまえがひとりで行ったところでどうにもなるまい」

「ひとりで行くわけではございません」

「では、だれと行く？」

「先生と……」

「わしと行くと？」

「はい」

「しかし、わしはさようなことは一言も……」

言った覚えはない。

「先生のお心うちは、わかっております。先生も、あの殿さまの仕打ちはあまりにむごいと思っておられるはず。先生も、このまま見過ごしていられるような方ではありません」

お栄は、弦十郎のことを自分のことのように言う。

確かに武尾を許してはおけないとは思っていた。なにか証になるものを探して、御番所へでも訴えようと考えてはいた。が、屋敷へ乗り込もうとは、一度も思ったことはない。

「いつも夢に出てくる倉太さんと相談してみました」お栄が弦十郎を見据えたまま言った。「すると、倉太さんが申します。先生なら、かならず連れて行ってくださると……」

なんということだ。お栄は、もう弦十郎がともにきてくれると決めている。澄江といい、このお栄といい、女というものは、なんと気丈な生き物であろうかと、弦十郎は愕き、呆《あき》れている。

お栄は武尾を斬るという。弦十郎の腕をもってすれば、かなわぬことではないが、そんなことをすれば後始末に難儀する。

当然、お栄も弦十郎も捕らえられるだろう。それだけは避けたい。

思案に思案を重ねているうちに、弦十郎の脳裡《のうり》に閃《ひらめ》くものがあった。

――それならば……。

なんとかなるかもしれないと見込みがつき、同時に、

「では、同道しよう」

とうとう、お栄とともに武尾家へ乗り込むことになった。

武尾家へ向かう道すがら、お栄に奉公人の数を確かめた。お栄の言うには、用人格の侍がひとりと、先日追ってきた長身痩軀の男、それに肥満潰れ鼻の男、あとは中間が二人いたが、倉太が死んだので、新しく雇い入れてないかぎりは中間がひとり、ほかに女中がひとりと下男がひとりいるということである。

奉公人は仔細を知らないが、三人の家来は、武尾が不義密通を知って妻と中間を斬

ったものと思い込んでいる。奉公人が外へ出ようとすると三人の家来に捕まるから、怪我をさせぬためにも、まず奉公人を屋敷の外へ逃がしてやる必要がある。

「それは、おまえがやってくれ」

弦十郎がお栄に言うと、

「でも、家来が……」

捕まえようとする、と言うお栄に、

「それは、わしにまかせろ」

弦十郎が言下に言うと、お栄の眼の裏に明るい色が浮かんだ。

「それから……」お栄が言った。

「なんだ？」

「奥の小部屋に殿さまの父親がおります」

「武尾どのに父親がおったのか？」

武尾の屋敷を訪ねたときも、父親の影は感じなかったから、弦十郎には意外なことだった。

「わたしが奉公にきたときから、ずっと寝たきりですから、とても刀を持つことなどできません」

「では、敵と数えることはあるまい」

弦十郎が言って、先に歩きだした。

弦十郎とお栄を見た武尾は、仰天《ぎょうてん》した様子を見せた。

お栄を追ってきたあの二人の家来も、愕きの眼差しを向けたまま遠巻きにしている。

「これは思いもよらぬことだ」

武尾の表情が、愕きから悦《よろこ》びに変わっている。武尾にとっては僥倖《ぎょうこう》で、追っていたお栄がみずから戻ってきたのだから、手間が省けたことになるのだ。その悦びが武尾に緩《ゆる》みを与えたのだろう。

「ここまで出向いてくれたのだから、この際、すべてを話してやろう」

どうやら武尾のほうから、白状する気になったらしい。

「事は、三年前に始まる。いや、十年前、二十年前からと申してよいかな」

言いながら、武尾は顎を撫でている。これからなにか旨い物でも食べようというときにする舌なめずりに近い表情である。

「武尾家は、代々小普請組でな。おぬしらにはわからぬだろうが、小普請というのは無役で、わずかな俸禄だけをもらって細々と暮らしていかねばならぬ、実にわびしいものなのだ。と申して、なにもせずにおるわけではない。御番入《ごばんいり》、つまり役につくために、頭支配に挨拶にいき、賄賂《まいない》を贈る。が、御番入できるのは十人か二十人にひとりだ。それも数年に一度のことで、それを逃すと、また数年を待たねばならぬ。だから、わずかな機会のために、できるだけ多くの賄賂を用意しておく。つまり、すべては金なのだ。金さえあれば、なにもかもうまくいく。三年前もそうして賄賂を用意しようとしていた。が、家来への払いもあり、蓄えることもままならぬ。嫁入りした久恵も、武尾家の窮状に気づいてからは、どことなくよそよそしくなった。わしも好きでこの家に入れた女ではない。もともと持参金目当てで祝言をあげた、というところもある。お互いの心が離れて、実のところ、夫婦らしいことはしておらなんだ。そんなある日、久恵が縁側で中間の弥助と話しているのを見かけた。おそらく庭のこととか、天気のこととか、他愛のない噺をしておったのだろう。が、そのときのわしには、二人がわしを嘲笑《あざわら》っているような気がしたのだ。それでかっとなり……」

「斬ってしまったのか？」

弦十郎はもう旗本に対する態度ではない。

「気がつけば、二人は死んでいた。家来が駆けつけてくる前に、思いついたのが不義密通ということだ。二人が不義密通していたのを斬り捨てたのなら罰せられることはない。だが、それでも武尾家に傷はつく。つかぬようにするには、手立てはひとつしかない。宇田家に不義密通のことを知らせたのち、これは不問に付し、病死ということにしたいと申し出ることだ。宇田家も、娘が不義密通したなどということが世間に知れるより、病死ということにしてくれたほうがありがたいに決まっておるからな」

武尾は唾でも吐くように言って、なおも噺を続けた。

「宇田にそう持ちかけると、宇田家も納得し、無事におさまった。そのとき、久恵が持ってきた持参金のことが頭に浮かんだ。返すべきかとも思うたが、そんな金はとうに使っておる。返しようがなく、そのままにしておると、宇田も不義密通をした娘の持参金を返せとは言えなかったのであろう。結局、そのままになった」

「それで味をしめ、藤倉屋の娘と倉太も斬ったのだな？」

弦十郎が言ったとき、隣にいたお栄がぴくりと動いた。

お栄の懐中には短刀が忍ばせてある。まさかここで抜くとは思えぬが、弦十郎が念を入れて片手で制した。

「八重と倉太にはなんの罪もなかったが、犠牲になってもらうことにした」

「藤倉屋の主人にも、お店の暖簾に疵《きず》がつくとか言って内密にさせたのだな？」

「その通りだ」

武尾がふくみ笑いをした。

その薄ら笑いは、お栄を傷つけた。

「倉太さんは、虫けらじゃないんだ」

お栄が懐中から短刀を抜いた。

と見るや、弦十郎たちを遠巻きにしていた三人の家来が一斉に抜刀し、弦十郎とお栄を取り囲んだ。

こうなることは思案のうちだ。お栄を裏口へ走らせてから、弦十郎が前を塞いだ。お栄が奉公人たちを外へ逃がす手筈になっていたのだ。

家来たちは弦十郎と対峙する格好になった。弦十郎を斬らねば裏口へは行けない。斬るつもりで三人は構えているのだが、木剣ひとつの弦十郎にだれひとり斬りかかっていけない。

対峙すれば、相手の強さはすぐにわかる。不用意に斬りかかれば、返されて弦十郎の木剣で躰を砕かれることはわかっているのだろう。

微動もせぬ三人の家来に、

「斬れっ」

武尾が怒声を浴びせた。が、それでやすやすと斬りかかれるなら端《はな》からやっている。

そんな三人のひとりを、武尾が突きとばした。肥満の鼻が潰れた男である。

男はたたらを踏んで弦十郎の前に立ち、そうなるともう刀を振るしかなくなって、八双《はっそう》から打ちおろした。

弦十郎はその刀を払い、そのまま鼻潰れの男の胸に木剣を埋めた。あばらは半分ほど折れただろう。

「ぎゃあっ」

鼻潰れは悲鳴をあげ、前のめりになって倒れた。

続いて立ち向かってきたのは長身痩軀の武士だ。弦十郎の顔の前に剣先を伸ばしてきたが、弦十郎はなんなく避けて、そのまま木剣を廻し、痩軀の男の首に入れた。首の骨は折れてはいないだろうが、あまりの痛みに痩軀の男は刀を投げ捨てるようにして塀のそばへ駆け、そこで七転八倒している。

残ったのは、おそらくこれが用人格なのだろう、齢がいっていて、四十に近い。痩軀と潰れ鼻に較べれば落ち着いているように見えたが、弦十郎が眼を凝らして見ると、足が震えているのが袴の上からでもわかった。

このまま待っていれば、いつまでも斬りかかってはこないだろう。そう踏んだ弦十郎は、とにかく動けないようにしておこうと、弦十郎のほうから近づき、男の両膝を砕いた。

男は膝を抱えたまま、そこにうずくまった。

最後に残ったのが武尾だが、四人も斬っているだけに家来たちよりは度胸も定まっている。

弦十郎と武尾が睨みあっているとき、お栄が戻ってきた。

どうやら奉公人は外へ逃がしたらしい。

弦十郎が奉公人の安否に気をとられたわずかな隙に、武尾が斬りかかってきた。

弦十郎はすばやく躱《かわ》す。

体勢を崩した武尾が、立て直して、もう一度大刀を振ってきた。

弦十郎は木剣で受け止めず、半身になって躱してから、斜め後方から武尾の左肩を打った。

それで武尾は刀を落としかけた。が、なんとか右手だけで刀を持ち、構えている。

弦十郎は休む間も与えず、今度は右腕に木剣を入れる。

木剣は手首の上に当たり、あまりの痛みに耐えかねて、武尾が大刀を落とした。

そこへ、

「いまだっ」

弦十郎がお栄に声をかけると、お栄は短刀を腰に当てたまま武尾にぶつかっていった。

短刀は武尾の腹に埋まった。武尾はなんとか短刀を抜こうとするが、両手が利かなくなっているため、動けない。

「倉太さんの恨み」

お栄が叫び、短刀を武尾の腹に刺したまま離れた。

武尾はその場に倒れ、しばらくもがいていたが、やがて動かなくなった。

お栄は惘然《ぼうぜん》となったまま、いつまでも武尾を見ていた。

そのとき、奥で物音が聞こえた。

弦十郎が小走りで駆けつけてみると、奥の小部屋に臥《ふ》せっている者がいる。これがお栄に聞いていた武尾の父親なのだろう。

「武尾どのを、ただいま斬殺いたした。そのわけはご存じか？」

弦十郎がひざまずいて言うと、臥せっていた老人は、じっと弦十郎を見たままうなずいた。痩せて頬骨が尖り、額には皺《しわ》が深く刻まれている。嫡男を殺されたことはわかっているらしいが、もう諦めているのか、弦十郎に対する敵意は見えない。

「われらはこのまま帰るが、いずれどなたかが屋敷へまいりましょう。だが、家来を御番所に走らせるような真似をせぬほうがよろしかろう」

すると、父親が喉から絞り出すように、

「自業自得じゃ」

そう言って廊下のほうへ視線を移した。

武尾がしてきたことを、この父親はすべて把握しているのだ。おそらく長い間寝たきりの暮らしをしているのだろうが、嫡男の行状はすべて見てきたのだ。

柳花館の奥で臥せっている柳斎が、道場のことをなにもかも把握しているのと同じことだろう。

「武尾どのが斬られたことが世間に知られれば、武尾家は取り潰しとなる。ここは親戚とも相談の上、内密にすませるのが上策と思われる。ご勘考くだされるよう……」

そう言ってから、弦十郎が裏口へ戻ってきた。

木剣で打った家来たちはまだ呻いていた。

お栄は、まだ躰をこわばらせたまま、骸《むくろ》となった武尾を見下ろしていた。

半月後、お栄は在所の武州秩父郡《ちちぶごおり》へ帰ることになった。

弦十郎が道場の外へ出て見送ろうとしたところへ源吉がきた。

「武尾は養子をとることになり、家はなんとか続くことになったようですぜ」

あれから半月も経っているし、どうせそういうことになるだろうとは思っていたが、源吉からそう聞かされて弦十郎も安堵の息を洩らした。

もしあの父親が訴えでもしたら、探索の手は弦十郎にもお栄にも及んだだろうし、そうなればお栄も無事ではすまなかったのだ。

父親が、武尾家の存続を考えたからこそ、お栄も在所へ帰ることができるのだから、思えば幸運なことだった。

長い間世話になったと、お栄が頭を下げた。

お栄の髷を見ながら、

――たいした女だなあ……。

弦十郎は感嘆の吐息を洩らした。

それにひきかえ、男はいざとなると意気地《いくじ》がない。

宇田九八郎も藤倉屋の治兵衛も、娘の死を悼みはしたが、武尾を殺して恨みを晴らそうとは思い切れなかった。後日、二人に武尾が死んだことを知らせに行ったが、お栄が刺したのだと言うと、安堵の表情を浮かべた。もう自分がかかわらなくてすんだとでも思ったのかもしれない。武尾は憎いが、斬って恨みを晴らそうなどとは思いもよらぬことであったろう。

だがお栄は、たとえ命を落としても、倉太のために遺恨を晴らしてやろうとした。もし弦十郎が供をしなくても、お栄はひとりで武尾の屋敷へ乗り込んだだろう。そして思いのたけをぶちまけ、短刀をつきつけたことだろう。そうすれば、おそらく武尾に斬られていただろうが、そんなことを思案する暇もなく、ひとりで乗り込もうとしたのだ。

武尾を殺したあとも、お栄は道場でいつもの通り淡々と掃除や水仕事をしていた。そんなお栄を見ながら、弦十郎はなんと芯の強い女だろうと感に堪えなかったのだ。

幾度も頭を下げてから、お栄は力強い歩みで去っていった。

お栄なら、どこへ行ってもなんとか暮らしていくことだろう。そしていつかは倉太のことも忘れるだろう。

「気丈な女だったな」

弦十郎が、お栄の後姿を見ながら、ぽつりと言ったが、独り言だとでも思ったのだろう、源吉は返事をしなかった。

冬の陽はもう屋根の上だったが、肌を刺すような冷気が道場を覆っていた。

介錯《かいしやく》

一

安政六年も明けて春となり、初夏がくると、大坂へ旅立った澄江が庭に残した蚕豆《そらまめ》が実をつけた。弦十郎が取り入れて、夕餉に食べていたが、柳斎と二人ではとても食べきれず、門弟たちにも分けていた。

そんなある昼下がり、道場へ四十がらみの町人が入ってきた。

背が高く、肩の辺りの肉付きがよい精悍《せいかん》な男である。腫《は》れあがったような細い眼の、印象的な顔には見覚えがあるが、名が浮かばない。

弦十郎の胸中を見抜いたのか、男のほうから安藤坂下の下駄屋の主寛吉《かんきち》だと名乗り、

「寛太《かんた》の父親でございます」

と続けた。寛太というのは、三年ほど前に入門した十歳を超えたばかりの門弟である。父親譲りなのか、躰が大きく、十五、六歳にも見えるのだが、いったん竹刀《しない》を手にすると、人が変わったように臆病になり、だれと打ち合っても負けてしまう。つまりは筋がないのだが、そういう門弟でも気長に通わせているのは、弦十郎が剣術を腕だけでは判断していないからだ。柳花館の中でも最も弱いと思われる寛太だが、ここで稽古をしていることが、いつかどこかでなにかの役に立つこともあろうと、遠くから見ている弦十郎なのである。

その寛太の父親が、稽古も終わった刻限になって入ってきたから、てっきり蚕豆を分けた礼だと思い込んだのだが、顔つきを見て勘違いだとわかった。眉間の辺りに険しい色を隈《くま》にしているから、なにか不都合なことが起こったらしい。あるいは、

——もうやめさせる気になったか……。

弦十郎が推察したのはそのことである。寛太は温和な性格で、人と争うこともなく、そもそも撃剣などには不向きだということは、父親もわかっているようだ。それでも通わせているのは、虚弱な躰を鍛えあげようという親心からなのだろう。門弟の親にはそういう動機で通わせている者も多く、入門のときに弦十郎にそう伝えてい

る。

　そういう門弟は、長くは続かないもので、寛太もとうとうやめさせられることになったのか、本人がいないときを見はからってきたのはそのためかと、勝手に推測していたが、寛吉の眼の動きを見ていると、どうやらそうではなさそうだ。

　いったい何用があってきたのかと、弦十郎が訝しんでいると、

「寛太は、どこにおりましょうか？」

　道場の奥を見やりながら寛吉が訊いた。寛太が厠《かわや》へでも行っているのではないかと思ったのだろう。

「とうに帰りましたが」

　弦十郎が言ったが、寛吉は顔を傾けてまだ廊下の奥を見ている。

「小半刻ほど前に、みな帰ってしまいました」

　弦十郎が言ったのに、寛吉は未練がましく奥を見てから、

「みなの稽古が終わったあと、ひとりで先生に稽古をつけてもらっていると伺っておりますが？」

　眼を上下に動かしながら尋ねた。

「稽古を？」

「はい、寛太がそう申しております」

弦十郎には思いもよらぬことである。撃剣の筋がよい門弟が、居残って弦十郎に稽古を求めることはままある。弱いからと稽古をせがんでくる門弟もいないではない。が、そういう門弟は、なんとかして撃剣で身を立てようと思っているから稽古をするわけで、寛太にはもとよりそういう心づもりはない。

「半月ほど前から、帰るのが遅くなりましたので、わけを訊《たず》ねますと、道場で稽古をしているんだと、そう申すものですから……」

「いつ頃、帰るのです？」

「夕七ツ（午後四時）か、ときには暮れ六ツ（午後六時）になることもございます」

「道場を出るのは九ツ（十二時）過ぎですから、たとえ途中で寄り道をしても八ツ（午後二時）には帰れるはずです。それが夕刻になるというのは……」

どういうことだろうと、弦十郎も首をかしげている。

「たしかに九ツ過ぎに道場を出ているのでございましょうか？」

寛吉が、大きな躰を窮屈そうに折り曲げて、上目遣いで弦十郎に訊いた。

「残っておれば、すぐにわかりますゆえ」

寛太だけが居残っているのを見逃すはずがないのである。

「では、いったいどこへ行っているのでございましょうか？」

「さ、それは……」

弦十郎にもあずかり知らぬことで、こちらが訊きたいほどだ。

「てっきり道場で稽古をしているものだと思っておりましたが、そういうことでしたら、帰ってとっちめてやらねばなりません」

寛吉は、袖をまくりあげるような真似をして言った。

「いや、それはお待ちください」

弦十郎が止めた。

「いえ、親に嘘をつくなど勘弁なりません。折檻《せっかん》してやらにゃあ納まりがつきません」

次第に怒りがこみあげてきたものらしく、寛吉の顔が紅潮してきている。

「なにかわけがあるのでしょう。わたしが訊いてみますので、しばらくは知らぬふりをしていてはくれませぬか？」

腰を押し出すようにして低い声で弦十郎が言うと、寛吉も言うことをきくしかない。

「じゃあ、先生のおっしゃるようにいたします。が、いつまでも待ってはおれません。そうですね、五日待って寛太からなにも言わねえようだったら、あとはこちらにお任せくださいませんでしょうか？」

そうなれば、寛吉が無理にでも吐かせてみせる、ということである。

「承知いたしした。では、五日待っていただく。それまでに、事情をつきとめてみせましょう」

弦十郎が胸を張って言ったが、自信があってのことではない。行きがかり上、そう言ったに過ぎないのだ。

あくる日の九ツ、稽古が終わったあと、弦十郎は寛太をつけることにした。

じかにわけを訊けば、隠すような気がしたのだ。が、いざ尾行し始めてみると、なにやら疚《やま》しいことをしている気になって、足が動かない。

門弟を尾行するなど、あってはならぬことだと思えてきた。

——やはり、当人に訊けばよかった。

後悔の念ばかりが脳裡に渦巻き、弦十郎の足をこわばらせる。

そうしている間にも、寛太は歩み続け、三百坂《さんびゃくざか》をあがって小石川御薬園《おやくえん》のほうへ向かっている。

寛太の家は安藤坂下だから、あきらかに方向が違う。

——いったいどこへ向かっているのか？

なにやら秘密めいたものを寛太の背に見ると、弦十郎の足が先ほどよりは滑らかに動くようになった。

やがて寛太は松平播磨守《はりまのかみ》屋敷を右へ折れた。その先は、播磨守の名前から播磨田圃《たんぼ》と呼ばれる広大な田圃だ。ますます、わけがわからなくなってきた。

そのまま田圃へ向かうのかと思っていたら、宗慶寺《そうけいじ》の先でいきなり左へ曲がった。川伝いにあぜ道のようなぬかるんだ道が続き、寛太は足元をとられながら細道をたどっていった。

この辺りは人家もなければ木々もなく、身を隠すところがない。弦十郎は距離を置いて尾行することにし、半丁ほども離れてつけていった。見通しはきくから寛太の姿を見失うことはない。

と、気をゆるめていると、不意に寛太が見えなくなった。

弦十郎の視野にあるのは、小さな小屋だけである。遠目から見てもみすぼらしい小屋で、近在の百姓が道具をしまったり躰を休める処らしい。

田圃の中だから、そのような小屋があってもふしぎではないが、それにしてもあまりに古く、汚れている。近づくにつれて、そのあばら家ぶりが眼についてきた。そばへ行くと、建てつけも悪く、隙間だらけになっているのがわかった。

廃屋《はいおく》と呼んでいいような小屋だが、辺りにはなにもないのだから、寛太がこの中に入ったことは間違いない。

いきなり踏み込んでみようとも思ったが、それではここまで尾行してきた意味がない。それなら道場で当人に確かめたほうがよかったのだ。ここまでつけてきたのだから、寛太が帰ったあとで小屋を覗いてみることにしよう。

そう決めた弦十郎は、後ろに下がって松の木に身を隠した。幹の太さが一尺もない松の木だが、躰を斜めにすればなんとか隠れることができそうだ。それに、小屋からは半丁も離れているから、よほど目立つ動きでもしないかぎり見えないはずだった。

松の木に寄りかかるようにして小半刻も待っていると、寛太が小屋から出てきた。やはり中にいたのだ。

辺りを見渡してから、きたとき同様足早に、きたほうへと去っていく。

松の木陰で寛太をやり過ごしてから、弦十郎は小屋へ向かった。

二

小屋の前でしばらく中の様子を窺《うかが》っていたが、物音ひとつしない。

――だれもいないのだろうか？

思いつつ、弦十郎が戸を開けて中へ足を踏み入れたが、人の気配はない。だれかいれば、音くらいはするものだろう。

そろそろ昏《く》れかかってはいるが、戸板の隙間や破れ目から光が差し込んでくる。そのかすかな光を頼りに中を見ると、床には藁《わら》が敷きつめられており、布団のようなものもある。布団といっても、布切れを重ねただけの、襤褸《ぼろ》といってもよいほどのものだ。その襤褸が動いたとき、弦十郎は固唾《かたず》を呑んだ。どうやらその下には人が寝ているらしいのである。

弦十郎の本能が身構えさせた。むろん木剣しか持っていないのだが、腰を落としていつ襲われても防御できる体勢をとっている。

にじり寄って、つま先で布団をはねあげようとしたそのとき、

「むむむっ」

地の底から響いてくるような、唸り声が発せられた。

弦十郎は構えたまま、

「何者っ？」と鋭く訊いた。

すると、その襤褸がむっくりと起きあがった。外から入ってくる、かすかな光に照らされて鈍く輝いたのは眼眸《がんぼう》のようである。その眼眸が光って、

「何者だ？」

低い声が出てきた。それには答えず、弦十郎がまた訊いた。

「ここでなにをしておる？」

そのときの弦十郎は、男を浮浪人とみなしている。江戸市中には、浮浪人がいる。無宿人が江戸に入ることは禁じられているが、人の眼をかすめて流れ込み、河岸や廃屋に住み着いていることもある。そうした浮浪人のひとりだろうと断じていたのだ。

「なに奴だ？」

その声は弱々しく、干からびてはいたが、どこかしらに人を圧する響きが感じられた。

その勢いに押されて、弦十郎は名乗った。すると、声の主は、

「なに用だ？」

いかめしく訊いてきた。

言葉づかいからすると、この浮浪人、元はどうやら武士であったらしい。

「さきほど、子どもが入ってきたはず……」

「それがどうかしたか？」

「手前、存じよりの者にて……」

弦十郎も自然に武家に対する物言いになっている。

「おぬしの知るべか？」

「あの子は門弟にござる」

弦十郎が言うと、男は躰を揺らせて座る場所を変えた。そこに薄い外光が束になって入り、男の顔がくっきりと見えるようになった。

とはいえ、顎から口の周りにかけて髯《ひげ》で覆われているため、人相まではわからない。髯が白くなっているところから推して、五十は過ぎているようである。

不意に眼眸が光った。

「すると、おぬしが柳花館の……」

「いかにも」

弦十郎の声は驚愕に打たれている。なにゆえ柳花館という名まで知っているのか？

「寛太に聞いたのでござるか？」

それしかないと読んだのだが、返事がないところをみると、どうやら当たっていたらしい。これで、老人と寛太が見知った仲だということもわかった。

「お手前は？」

弦十郎が男の素性を訊いた。

言葉はすぐに返ってこなかったが、ぎくしゃくした間のあとで、

「奥平《おくだいら》十太夫《じゆうだゆう》と申す」

ゆっくりと名乗った。

「いずれのご家中か？」

まさか大名家の家臣とも思われぬが、礼儀としてそう訊ねてみた。が、案の定、男の口は重くなり、言葉が途絶えた。

「なにか仔細がござるようだが、差し支えなくばお聞かせ願いたい」

弦十郎も、このままでは帰るに帰れない。寛太がこの老人といかようなかかわりを持っているのかを訊かねば、立ち去れぬと思っている。だが、

「仔細などはない」

老人は頑《かたく》なである。

「お見受けしたところ、なにか事情《わけ》があるように思われるが？」

弦十郎も、じっくり構える気になっている。腰をおろし、老人のそばへ顔を寄せた。

と、そのとき弦十郎の鼻を異臭が衝いた。汚れた袴をつけたまま寝ているようだし、おそらくは着の身着のままで幾十日もここで寝ていたのだろう。風呂になど入っていないだろうし、異臭が漂うのも当然かもしれない。

奥平は、不意に咳き込んで胸を押さえている。

「どこか病んでおられるようだが？」

労咳《ろうがい》のようにも見える。だとすると伝染《うつ》るやも知れぬ。が、弦十郎は気にしなかった。日頃の鍛錬で、躰には自信がある。去年のコレラ騒ぎのときも伝染らなかったのだ。

「医者には診せられたか？」

顔を覗きこんで訊ねた。

奥平は首を振りつつ、

「わしにかまわんでもらいたい」

指で外を指して出ていけと伝えている。

が、このような廃屋で臥せっている老人をこのままにはしておけぬ。そのようなことができるくらいなら、柳斎もとうに見捨てている。

奥平は病んでいる。弦十郎が居座れば、強引に追い出そうとはするまい。そう読んで、弦十郎は待つことにした。

弦十郎が居座っていると、奥平もそのまま横になってしまった。半身を起こしているのも辛いのだろう。横になったのは、寛太が通っている道場の師範代なら敵ではないとわかったからでもあろう。

仰向けになって寝た奥平は、眼を半ば開いたまま屋根を見ていた。

そのまま意識が遠のいていくようにも見えたが、弦十郎が咳払いをすると、眼だけが動いたから、気はゆるんではいないのだ。

弦十郎は奥平の呼吸に耳をすまし、呼吸の音が落ち着いた頃に言った。

「寛太が時折り、ここへくるのでござるか？」

その言い方があまりに静かだったためか、奥平は夢を見ているような表情のまま答えた。

「さよう」

「いつから、こちらへくるようになったのでござるか？」

「半月ほど前からじゃろう」

とすると、父親の寛吉が言ったことと平仄《ひょうそく》が合う。その頃から、寛太の帰りが遅くなったのだ。

「なにゆえ、ここへくるようになったのでござる？」

弦十郎の声は低く、ほとんど聞き取れないほどだが、奥平の耳にはそれがちょうどよい大きさらしく、寝入るようにして話している。

「わしがここで寝ておると、不意にあの子が入ってきたのじゃ。初めは愕いたようじゃったが、わしが話しかけると、返事をしての。これまでも、そこらの子どもが幾度か入ってきたことはあったが、わしを見ると、どの子も気味悪がって、たいていは逃げだしていく。中には意地の悪いのもいて、わしに石をぶつけたり、棒で叩こうとするのもおった。が、わしも老いたりとはいえ元は武士。いざとなれば立ち向かっていくし、かっと眼をむいて向かっていく構えを見せれば、子どもは逃げる。そうすると、遠巻きにわしをいたぶるのじゃが、あの子だけは違うた。どういうわけか、わしに近づき、話し相手になってくれたのじゃ」

奥平の噺を聞いているうちに、弦十郎も思い当たるところがあった。

道場に通ってくる子どもたちは悪戯《いたずら》盛りだから、喧嘩も絶えない。竹刀を手に打ち合えば、かっとなることもあり、それが喧嘩になることもある。そんな喧嘩を止めるのも弦十郎の役目だ。が、寛太は喧嘩をすることもなく、たとえ喧嘩を売られても買うことがない。おとなしい性格で、人見知りも激しく、朋輩もいないようだ。

道場の片隅でひとりぽつねんと膝を抱えていることが多く、そんな寛太を見つけると、ほかの門弟がからかう。弦十郎が気づいたときはすぐに止めに行くが、弦十郎は四六時中、寛太を見守っているわけではない。ほかの門弟に稽古をつけることもあり、そういうときは当然、寛太を見ていない。そんなときに門弟になにをされているかまではわからないのだ。

弦十郎も気にはかけていたが、寛太には声をかけない。いくら励まし、竹刀で打ちすえたところで、寛太が変わるはずがないと思っているからだ。

こちらから口は出さないが、釣り人が川を眺めるように、寛太のことは見ていた。そうするしかないのだと、いまの弦十郎は思っている。

寛太はあまりにおとなしく、このままでは世間でうまく生きのびていけないのではないかと危惧することもある。それほど物静かな子だから、奥平に向かって石を投げるようなことをするわけもない。

だが、人と話すのが苦手な子だけに、こんな小屋へ入って奥平と話したというのが弦十郎には意外だった。

「ここで、お手前の話し相手になりましたか」

弦十郎がつぶやくと、

「それぱかりではない。飯まで持ってきてくれておる」

これには弦十郎も仰天した。

「寛太が飯を持ってきておるのでござるか？」

弦十郎が訊くと、奥平は自慢げに言った。

「さよう。おそらく家で食べた残り物じゃろうが、わしにはどれも旨《うま》いものばかりじゃ。毎日のように飯を持ってきてくれ、ここでわしの話し相手になってくれるのじゃ」

「それにしても……」と弦十郎が薄闇に奥平の眼を探した。「お手前は、なにゆえかような所に住み着くようになったのでござろうか？」

どうしても、それは知りたかったのだ。

これまでの態度からすれば、おそらく詳しくは話すまいと、半ば諦めていたが、

「話せば長くなるが……」と語り始めたから、愕いたのは弦十郎である。

「それがしは美濃郡上八幡《ぐじようはちまん》青山家家臣であったが、三十年ほど前より御家の財政が逼《ひっ》

迫《ぱく》し、家臣の俸禄が削られるようになった。江戸勤番のそれがしも同様で、わずかな俸禄では食べていくこともできず、内職にも励んでまいった。が、それでも母と妻子を抱えていては足りるものではない。そのうち母が病死し、妻も病弱の身を抱え、寝たり起きたりという暮らしでしてな。かくなるうえはやむをえぬと、娘が十二のときに谷中天王寺《やなかてんのうじ》門前の茶屋へ奉公に出したのじゃ」

「茶屋奉公といえば、女が客をとる見世では？」

「さよう。娘を奉公に出すかわりに、五十両を借りたのじゃ。期限までに返せば、むろん娘も戻ってくることになっていたが……」

「その五十両は？」

「ほとんどは借金の返済で消え、なにかできぬものかと思案しているうちに、残りの金もなくなり……」

「金は返せなかったのでござるか？」

弦十郎が問い詰めると、奥平は一瞬愕いたような仕草をした。弦十郎の問い方が、責めているように聞こえたのかもしれない。が、その責めを負う覚悟を決めたのか、すぐに噺を続けた。

「返せず、娘は客をとらされて……。つまり、それがしは娘を棄てたということじや。それを知ったせいか、妻は病となって寝込み、三年後に歿《なくな》ってしもうた」

「それは、いつのことでござるか？」

「さよう、かれこれ二十年以上も前のことになろうかの。その後は青山家を退身《たいしん》し、ひとりで暮らしてまいった」

こうなった男の中には、武士を棄て、町人となって蘇生《そせい》をはかる者もいる。が、いまの言葉づかいから推すと、どうやら浪人のまま生きてきたようだ。

「この江戸に浪人は珍しくありませぬ。だれもが内職などをして糊口《ここう》を凌いでおりますぞ」

そのあと、なにゆえかような暮らしを余儀なくされているのか、それを訊きたい、と言うつもりであった。が、弦十郎の口はそのまま動かなくなった。それを訊くのが酷なような気がしたからだった。

が、奥平は半ば自棄《やけ》になったのか、胸の中の澱《おり》を吐き出すかのように話しだした。

「十年ほど前、江戸で敵持《かたき》ちの母子に出会《でお》うた。母は三十足らずで、子はまだ十歳かそこら。たまたま落し物を拾ったのが縁で仇討ちの噺を聞き、母子の助太刀をしようという気になったのじゃ」

「助太刀を？」

と弦十郎が訊いたのは、奥平自身が暮らしに困って浪人しているのに、人助けどころではないだろうという思いがあったからだ。

奥平にもそれは通じたらしく、すぐに、

「これには仔細がある」と低声《こごえ》で言った。

「仔細とは？」

「助太刀を仕官の手立てにしようと謀《はか》ったのじゃ。母子をその手立てにするようで心苦しかったのだが、それがしもなんとか浪人暮らしから逃れたくてな」

「助太刀をすれば、仕官の道がかなうと思われたのか？」

「仇討ちを果たした者は堂々と主家に戻り、家禄を戻されるのが常。その仇討ちを助けた者が推挙されて仕官できたという噺を聞いたことがある」

そういう噺を弦十郎も聞いたことはある。が、それはきわめて稀れなことで、いつも仕官できるとは限らないものだ。が、溺れる身の奥平には、その母子が藁《わら》に見えたのだろう。

「幸い、その母子は国から金を送ってもらえる身でな。助太刀をするわしも、その親子について廻っている間は、食いっぱぐれはないということじゃ」

さすがに奥平も、その件りを話すときは眼を伏せた。われながら恥ずかしかったのであろう。

「で、仇討ちは果たせたのでござるか？」

「なんとか……」

「と申されると？」

「五年後に東海道の沼津宿で敵を見つけ、わしの助太刀で見事討ちとげた」

「それは……」

運のよいことだと、弦十郎も安堵した。が、奥平の顔を見ると、どうやらその続きはめでたい噺ではなさそうだ。

「母子は、胸を張って国へ帰った。別れぎわ、助太刀のお礼は必ずさせていただくと言い残してな」

「つまりは仕官でござるな？」

「さよう。ところが、いつまで待っても礼状一枚送られてはこなかったのじゃ」

「では、仕官の道は？」

「くるはずがない。五年間、ただで飯が食えたというだけだったわい」

自嘲するかのように言って、奥平は顔を闇のほうへそむけた。歪みかけた顔を、弦十郎に見せまいとしていたのかもしれぬ。

「その後は？」

「仕官の望みも消えて、張り詰めていた糸も切れたためか病にかかり、それからはこうして廃屋に寝て、歩けるときは物乞いをしてまいった」

「親戚や知るべは？」

「頼るべき者は、ひとりも……」

「娘御は？」

「茶屋奉公に出して棄てた娘に、いまになって助けてくれとでも？」

そんなことが言えるわけがないと奥平は言う。それはそうだろうが、頼ってみるのも無駄ではないような気がして、

「娘御のお名前は？」と名前を訊いた。

「つねと申すが、会うわけにはまいらぬ。わしの名を出せば、怒って追い出されるじゃろうな」

おそらくそうだろうとは思う。親に見棄てられた子の気持ちが、弦十郎にはわからないが、会う気にはなれないものだろうとは思う。が、念のため、あとで知らせてみようという気になっていた。

「さいわい、寛太が世話をしてくれるようになり……」

言いかけた奥平に、弦十郎がかぶせた。

「だが、いつまでも続くわけではありますまい。寛太はやさしい子ゆえ、このようなことをしてくれましょうが、寛太もいつまでもここへくるわけにはまいりませぬぞ」

弦十郎が因果をふくめて言うと、

「それは、わしもわかっておる」と奥平も神妙になった。

いつまでもこのままではいられないことは、自分が一番よくわかっているのだ。

「だが、どうせ死ぬ身。このまま、ここで死ぬ覚悟もできておるのでな」

奥平が喘《あえ》ぐように言った。

そうは言うが、ここで死ぬのを見過ごすわけにはいかぬ。弦十郎もつい、

「いかがでござろうか。手前の道場には部屋も空いておりますゆえ……」

道場で養生すればと勧めた。が、奥平は首を振り、

「いや、遠慮いたす。老い先短い身ゆえ、他人に迷惑をかけたくないのじゃ」

そうは言うが、寛太には迷惑なことではないのかとも思う。が、そうも言えず、弦十郎は口をつぐんだ。

奥平も弱っている割には頭がしっかりしているらしく、弦十郎の思いを見透かすように、

「寛太に迷惑をかけていることは承知しておる。あの子のためにも、できるだけ早く逝《ゆ》くつもりじゃ。しばし猶予《ゆうよ》を願いたい」

そんなことを言って、弦十郎を困らせるのである。

「ですが……」

弦十郎にも、どうしてよいかわからない。

寛太がどこへ行っていたかもわかったし、しばらくはこのまま経過を見ることにしようと決めて、小屋を去った。

外はもうすっかり宵闇に包まれて、川伝いの細道も見えなくなっていた。

三

あくる日、稽古が終わったあとで寛太を呼び、庭へ連れだした。

「悪いとは思うたが、昨日おまえをつけていった」

弦十郎の言葉によほど愕いたらしく、寛太の肩が揺れた。

「あの老人にも会って、仔細は聞いた」

その言葉にはさらに愕いたらしく、寛太は身じろぎもせず弦十郎を見つめている。

「おまえがあの老人に飯を運んでやっていることも、親切を施していることも、みな聞いた」

弦十郎は、泣く子をあやすように言うと、寛太は言葉を喪ったまま眼を見開いていた。

「あのような小屋に住まわせるわけにはいかぬと思うて、この道場で住むようにと申し出たのだがな」

寛太は瞬《まばた》きもせずに弦十郎を見ている。

「どうしても厭《いや》だと言われるのじゃ」

「そうですか」

そこで初めて寛太が声を出し、そのままうなだれた。奥平が拒むだろうことは、幾度も会っている寛太にはわかったのだろう。

「かくなるうえはやむをえぬ。わしらであの老人のお世話をしてあげることにしよう。これまではおまえが飯を運んでおったが、これからはわしも手伝う。父御《てでご》も心配しておるゆえ、おまえはあまり遅くならぬほうがよい。その分、わしが世話をする。どうだ、それでよいな？」

弦十郎の提案に寛太は悦びを隠しきれず、頭が千切《ちぎ》れんばかりに大きくうなずいた。

「いずれは医師にも診てもらう。あの老人は、もう諦めておるようだが、治らぬ病ではないかもしれぬゆえな」

そう言うと、寛太は弦十郎の稽古着の袖を摑まんばかりにしている。寛太は人並みはずれた慈愛の持ち主だから、老人のことを祖父かなにかのように思っているのだろう。

「とにかく、おまえは父御に心配をかけぬことだ」

弦十郎が、寛太の肩に手を置いた。

その日の午過ぎ、鉱之助が柳花館へきて、変事が起きたと告げた。

鉱之助の「変事」はいつものことだから、弦十郎もまともには聞かず、

「今日はなんだ?」

庭の畑を見ながら、夕餉のお菜《かず》のことを思案しつつ聞いている。

「水戸藩士が、大挙して江戸へ向かっておるらしい」

鉱之助が声を低くして言ったのだが、これには「変事」を聞き慣れた弦十郎もつい、

「なにゆえだ？」

声を裏返してしまった。

「例の勅諚《ちょくじょう》の一件だ」

勅諚のことについては、鉱之助から聞いたことがある。

昨年、つまり安政五年夏、京で一橋派の尊攘志士が、水戸藩に天皇からの勅諚が下されるように公卿に工作した。これが奏功して、幕府と水戸藩に同じ内容の勅諚が下されることになった。

その内容は、条約調印と水戸、尾張、越前福井の三家への処罰を責めるものである。勅諚が幕府に下されることはありえても、一藩に下されることは前代未聞である。これを知った井伊直弼は激怒し、九月から志士の逮捕にとりかかった。手はじめに捕縛されたのが小浜藩士の梅田雲浜である。

以後、安政の大獄という史上類を見ない苛烈な圧政が展開されたのだが、年が明けても勅諚問題がおさまることはなかった。

四月になると井伊大老は、水戸藩に狙いを定めて家老の安島帯刀《あじまたてわき》などの重臣を評定所へ呼び、糾弾した。度重なる糾問に業を煮やした水戸藩過激派は激昂し、長州藩や仙台藩と盟約を結んで幕府に抗しようという姿勢すら見せるようになった。

五月には水戸から過激派数十名が江戸へ向かった。これを知った水戸藩江戸屋敷では、急遽《きゆうきよ》徒士目付《かち》を送って制止しようとはかったが、過激派が江戸へ向かっていると知った周辺の同志が糾合《きゆうごう》し、江戸に近づいたときには、その数が三千にも達していた。

これだけの藩士が江戸へ入ればどうなるかは過激派にもわかっていたため、一部が江戸小梅の水戸藩下屋敷へ入り、残りは小金井宿で待機することになった。

慌てた幕府は水戸藩家老を呼びつけ、この騒ぎの顚末《てんまつ》を尋問し、鎮圧するよう命じた。

烈公も水戸藩主慶篤も小金井に屯集《とんしゆう》した藩士を宥め、水戸へ帰るよう説得した。が、家臣は小金井から下総八幡宿《しもうさやわたじゆく》などへ移り、なおも幕府への抗議を示そうとした。

夏になっても水戸藩士の憤りは冷めず、幕府は憤激して慶喜、慶篤、烈公を罰した。国許永蟄居《くにもとえいちつきよ》を命じられた烈公は、九月一日、江戸から水戸へと帰国することになったが、これが火に油をそそぐことになり、水戸藩攘夷派はますます激昂することになる。

「水戸藩士の中には、井伊大老を斬りすてようという輩《やから》まで出ておるのだ」

鉱之助が言ったが、弦十郎はそのようなことがほんとうに起こるとは夢にも思って

いない。だから、薄笑いを浮かべつつ、

「まさかようなことは起きまいが、このままでは水戸もいつなにをしでかすかわからぬな」

このとき弦十郎が思い描いていた「なにか」とは、せいぜい小金井宿《こがねいじゅく》で喧嘩騒ぎを起こすくらいのことでしかない。鉱之助も同様で、水戸藩士が井伊大老を斬ろうとしているとと言っても、せいぜいそういう心情を抱いている、という程度にしか受け止めていなかった。

翌万延元年に桜田門外で、ほんとうに井伊大老を暗殺してしまうとは、弦十郎も鉱之助も、おそらくは江戸士民のだれひとり思い描いていなかったことだろう。

いまの鉱之助にとって心配なのは、なにより小浜藩のことで、

「こう物騒になると、小浜からきた刺客たちもいつ暴発するやも知れぬ。これからは、これまで以上にきびしく警固してもらわねばならぬ」

と弦十郎に釘を刺してから道場を去った。

四

寛太が奥平の世話をやいていることを、寛吉に隠し通せるものではないと思った弦十郎は、猶予の五日が経つ前に会いに行って打ち明けた。すると、

「そういうことなら……」

と、怒るどころか相好《そうごう》を崩して喜び、進んで寛太に飯を持たせ、小屋へ寄らせるようになった。それどころか、お店《たな》が暇なときは寛太とともに小屋へ行き、親子で世話をするようにもなった。血筋なのだろう、二人とも心根《こころね》がやさしいのだ。

弦十郎も夕餉《ゆうげ》を多めに作り、日が暮れぬうちに奥平のもとへ運ぶことにした。

しばらくして、医師の清庵が柳斎を診にきたので、事情を説明して奥平を診てもらうことになった。こころよく引き受けてくれた清庵だったが、弦十郎が案内した小屋に入ると、思わずあとじさった。小屋の中に入って奥平を見たときは、

「これは……」

その汚さに声を洩らしたものだ。

それでも清庵は医師の務めと覚悟を決めて診断を済ませた。

帰り道、吐息まじりに弦十郎に言った。

「もう手遅れですな」

弦十郎も、それは覚悟していた。気息奄々《きそくえんえん》たる奥平を見れば、だれにもわかる。

「あとどれくらいもちましょうか？」

はっきり訊くと、清庵も下手に隠すようなこともせず、言下《げんか》に言った。

「さよう、あと半月もてばよいほうでしょうな」

「半月……」

「早ければ、十日のちには……」

「さほどに早く？」

「その覚悟はしておいたほうがよいということです」

清庵も、腹蔵《ふくぞう》なく言った。

弦十郎も覚悟はしていたが、懸念されるのは寛太のことだ。このことを知ればどれほど哀しむことか。それを思うだけで気重《きおも》になってくる。

「ご家族はおいでですか？」

清庵が訊いたのが、奥平のことだとわかるのに暇がかかった。

「たしか娘御がひとり……」

言いつつ頭に浮かべたのは、つねという娘のことだ。

「その方に知らせたほうがよろしいかと……」

内実を知らない清庵は気楽に言うが、事は簡単には運びそうもない。

「居所がわからないのです」

弦十郎が言うと、清庵は立ち止まってから、

「よほどの事情がありそうですな」

と言って、再び歩きだした。あのような小屋に臥せっているのだから、なにかがあるとはわかるのだろう。が、その事情を詮索しないのは、医師ゆえの習いなのかもしれない。

「もし居所がわかれば、呼んだほうがよろしいでしょう」

清庵はそう言ってから、もうその噺はしなくなった。

弦十郎が、「できるだけ探してみることにいたします」と言ったときは、もう柳花館の前である。清庵をそこで見送ってから道場へ入ろうとしたが、気が変わって踵《きびす》を返した。

奥平の娘を探してみようと、思いついたのだ。

小屋へとって返して奥平に会い、娘を奉公に出した茶屋が「井もと」という名だっ

たことを知ると、その足で谷中天王寺門前まで駆けつけた。

が、十中八九そうだろうと思っていた通り、つねは十年以上も前に年季奉公を終えて、いまはどこへ行ったかわからないという。

こうなれば、どうしようもないと諦めかけたとき、思い出したのが源吉のことだ。

——あの男なら……。

なんとかしてくれるかもしれないと、源吉の家へ向かった。

運よく源吉は家にいて、弦十郎を破顔《はがん》して迎えてくれた。

「また頼みがあってきた」

弦十郎の困惑した顔を見るのが、源吉にはよほどうれしいものらしく、さすがに歯までは見せないが、口許には隠せぬ笑みがある。

「今度はいったいなんでしょう？」

「人を探してもらいたい」

「それはよろしゅうございますが、お武家のことなら……」

勘弁してもらいたいと言おうとしたのは、宇田の一件で苦労したからであろう。その言葉を弦十郎が封じた。

「今度は町人だ。それも女だ」

女と聞くと、源吉の眉がぴくりと震え、眼眸に好色な光が瞬いた。六十を越えているというのに、この男の頭はどうなっているのか？

弦十郎は、ふしぎな生き物を見るかのように源吉を熟視した。

「で、どんな女なんで？」

「つねという茶屋の女だ。いや、昔茶屋にいた女だ」

「というと、もういい齢なんで……」

「二十年以上も前、十二歳で茶屋に入ったというから、いまは三十半ばというところだろう。名前も変えているだろうな」

それを聞くと、源吉の顔に失望があらわになった。自分の齢も考えず、若い女ばかりに興味が向く男なのである。それでも弦十郎の頼みに応えようと、犬が水を払うように顔を振ってから、

「初めて奉公にあがったのは、どこの茶屋なんで？」

真顔になって訊いた。

「谷中天王寺門前の『井もと』という茶屋だ。念のために訪ねてみたが、やはりいなかった。十年以上も前に根引き《ねびき》（落籍《ひか》）されていったらしい。いまはどこにいるのかわからぬようだ」

弦十郎がいきさつを語ると、

「十年も前なら、わからねえでしょうねえ」

うなずきながら言った。そういう見世や女たちにくわしい男だから、裏の事情もわかるのだろう。

ため息を吐き、肩を落としている源吉に、

「この仕事は、おまえにしかできぬと思うてな」

弦十郎が言うと、これが効いた。源吉の口許がゆるんだと思うと、

「そうでしょうねえ。広い江戸で、たったひとりの女を探すなんてえことは、だれにもできるこっちゃあありませんよ」

そう言って、もうやる気になっている。

「だからこそ、こうしておまえに頼みにきたのだ」

弦十郎はますますおだてにかかっている。

「じゃあ、さっそく明日から探しにかかりましょう」

源吉は、帯を右手でぽんと叩いた。

それから三日後、柳花館へきた源吉が、

「見つかりやしたぜ」

と言ったときは、弦十郎も仰天してしまった。わずか三日で、広い江戸の中から「つね」という名前だけで当人を探しだしてくるとは、夢にも思っていなかったのだ。

「で、どこにおった？」

「深川の茶屋に、おりやしたよ」

「まだ茶屋で働いておったのか？」

「睨んだ通りでござんしたね」

「なにゆえ茶屋におると？」

「ああいう仕事についた女は、なかなか真っ当な仕事はできねえもんでございましてね。茶屋で働いた女は、いつまでも茶屋から離れようとしねえ。棄てられるまで茶屋にしがみついているもんなんですよ。棄てられてはじめて岡場所へ行ったり、夜鷹《よたか》になったりするんだが、それまでは茶屋にしがみついている。おつねもまだしがみついているんじゃねえかと踏みましてね。あちこちの茶屋を探してみたんですよ」

そういうものかと弦十郎もわかったような気がする。が、それにしても源吉は事情通だ。若い頃から岡っ引をつとめてきただけに、闇の世界のことについてはくわしい。

「いま三十半ばになっているなら、上等な茶屋じゃあ働けまいが、安い茶屋ならなんとか潜り込めるだろうと踏んだんでさ。それで、安い茶屋から探しだした。すると、三日目に見つかりましたぜ」

源吉が教えてくれたのが、深川櫓下《やぐらした》の「亀八」という茶屋である。

どうだろう、そこへつきあってはくれまいかと弦十郎が頼みこんだのは、やはりそういう世界のことは源吉に頼るしかなかったからだし、稽古着のまま茶屋へ行くのはどうかと気がひけたからでもあった。

「よろしゅうございますよ」

源吉の威勢のいい返事に背中を押されるように、二人して深川をめざして歩きだしたのは、昼九ツ半（午後一時）のことである。

着いたのは八ツ過ぎだったが、町にはもう客がたむろしている。

めざす茶屋の前で、源吉が、「しばらくここで……」と弦十郎を待たせたのは、稽古着に木剣で茶屋に入るのは無理だろうと思ったからだろう。

ややあって源吉が女を連れて出てきた。それがおつねだろうということは、弦十郎にもわかる。外へ連れてくることができたのは源吉だからで、ほかの者ならとてもそうはいかなかったことだろう。

女は、背が高く、痩せていて、どことなく陰気な感じがする。弦十郎を見る眼にも、警戒の色が滲んでいて、敵意も垣間見えた。

源吉が、この方が話したいことがあると伝えると、なおのこと警戒の色が濃くなって、侮蔑と憎悪を双眸《りょうめ》に燃やしている。客でない男は、人間ではないとでも思っているのだろう。

おつねは、こういう処で長年働いてきた割には肌も荒れておらず、昼日中の陽射しの下でも見られる肌をしている。

「で、噺ってのはなんです？」

おつねが弦十郎の稽古着に、咎《とが》めるような視線を浴びせながら訊いた。

「父御のことだ」

その一言で、おつねの眼に動揺が走ったのを、弦十郎は見逃してはいない。が、おつねは平常心を装って、

「なんのことです？」

言ってから顔をそむけた。

「おぬしの父御が、病に臥せっておる」

弦十郎が言いかけるのを止めて、おつねが、

「父は歿りました」とかぶせた。

逸《そ》らそうとするおつねの眼を、なんとか引き寄せようと、弦十郎は顔を傾けた。

「父御の名は奥平十太夫。美濃郡上八幡青山家家臣であったが、いまは浪人の身だ」

が、おつねは顔をそむけて、

「知りませんね」

そう言うと、弦十郎に背を向けてしまった。

「病は重く、いつ歿るかわからぬ。死に目に会いたいとは思わぬか？」

弦十郎が説得するが、おつねは知らぬと言い張っている。

「だれのことか、さっぱりわかりませんね。仕事があるんで、もう……」

と茶屋の中へ入ろうとするおつねを、弦十郎が、

「昔の噺は聞いておる。おぬしがここで働いておるわけもな。父御を恨みたい気持ちもわかる。が、父御はもう死ぬのだ。いま会《お》うておかねば、あとで悔やむことになるぞ」

執拗に説得したが、おつねも強情だ。

「わたしの父は歿りました」

と背中で言った。

「父御は小石川の播磨田圃の小屋で、死にかけておるのだ」

弦十郎が言ったとき、おつねが不意に振り向いた。

「それがどうしたと言うんです？　わたしはあの男のおかげで、襤褸のような人生を送ることになったんですよ」

その眼には、憎悪が深く刻まれている。その眼に応えることができずに黙っていると、おつねはなおも重ねた。

「浮浪人のように死んだとしても、それは自業自得というものでしょう。いまになって子どもに会いたいなんて、虫が良すぎやしませんか？」

おつねが言うことも道理で、確かに悪いのは奥平のほうだ。身勝手に娘を売りとばして、助太刀をして仕官をしようなどという安易なことを考えて生きてきた報いが、このざまなのだ。それはわかっているが、だからといって奥平を見放すことはできない。それが弦十郎の性分なのだ。

「それは承知しておるが、奥平どのもいまは悔やんでおる。死ぬまぎわに、一目だけでも娘に会いたいと思うのは人情であろう」

「そんな人情があるなら、なぜ娘を売りとばしたりしたんです？」

おつねが食ってかかってきた。相手が武士だとか浪人だとかにかかわりなく、弦十郎を奥平と見立てて詰問しているのだ。

「それは……」

弦十郎も返す言葉がない。すると、おつねが、

「どうしても会いたいなら、這ってでもここへこいと、そう伝えてくださいな」

と、そこまで酷なことを言う。

「その言い草はあるまい」

弦十郎も、憤然となったが、おつねにもおつねの言い分があり、怒りもあるのだ。所詮は他人事なのかと、それ以上踏み込めない自分に苛立ちを覚えつつ、

「ようわかった。もう頼まぬ」

そんな捨て台詞を残して、源吉と立ち去るしかなかった。

五

その足で、弦十郎がひとり播磨田圃の小屋へ行ってみると、奥平が、

「こないと申したであろう？」

言葉を皮肉にくるんだ。

「だれのことでござるか？」

「おつねのことじゃ」

これには弦十郎も度肝を抜かれた。

「なにゆえ、おつねどのと会ったことがわかったのでござるか？　お手前の人柄から推察すれば、そうすることは容易にわかろうというものじゃ」

病が重篤《じゅうとく》だというのに奥平の頭は冴えていて、人を観察する眼にも曇りがない。

弦十郎は、奥平に感服し、

「手前の力が及ばず……」

おつねを連れてくることができなかったのだと詫びた。

「いや、すべてそれがしが悪いのじゃ。おつねがこないのも当然のこと。恨み言のひとつやふたつ、言いにきてもよかったくらいじゃ」

そう言って、奥平は笑った。いや、笑ったつもりでいたのだろうが、口がわずかに歪んだだけであった。

弦十郎もどう慰めてよいものかわからず、困惑の態《てい》でいると、

「案ずることはない」と奥平のほうから慰めてきた。「おつねはわしから去ったが、わしには孫ができたのでな」

「孫？」

「寛太じゃ」と奥平が歯を見せた。「あれほどかわいい孫はおらぬぞ」

「さようでございますな」

弦十郎もうなずいた。

「子には看取《みと》られなんだが、孫に看取られて死ぬことはできそうじゃ。わしは果報者じゃな」

そう言って、奥平は声をつまらせたが、思えばそうかもしれない。わが子のおつねには恨まれて死ぬことになりそうだが、そのかわり寛太という得がたい孫が死に水をとってくれそうなのだ。

貧苦にあえいできた奥平の人生であったが、最後の最後に得がたい人間とめぐりあうことができて、それはそれで仕合せだったのではなかろうか。

そう思えば、弦十郎も気が楽になり、つい、

「手前では不足かもしれませぬが、倅《せがれ》と思うてくだされ」

そんなことまで言ってしまった。

「おう、それはありがたい。わしには倅がおらず、どういうものかわからぬが、お手前が倅のかわりになってくれるというのなら、これほどうれしいことはない」

奥平も、本気なのかどうか大仰に喜んで、弦十郎の手をとらんばかりに近づいてい る。

「これからは、寛太と二人でかわるがわるまいりますゆえ、寂しい思いはさせませぬ」

弦十郎も少々芝居がかっていることは承知の上で、奥平に言った。

弦十郎と寛太は、これまで以上に小屋を訪ねることになった。飯を運んでも奥平はほとんど食べなくなったが、それでもできるだけいっしょにいるようにした。

弦十郎はできるだけ長く生きさせてやりたいと、清庵からもらった薬だけは飲ませ、奥平に話しかけることを役目と自らに任じて、ときには日に二度も訪ねるようになった。

それから十日ほど経った日の夕刻、弦十郎が小屋へ向かおうとしたとき、寛太が道場へ跳び込んできた。

どうしたのだと尋ねると、

「死んじまったよ」

そう言った唇は、震えている。顔も蒼い。

「奥平どのが歿ったのか？」

言うなり、弦十郎はもう立ちあがっている。

が、どうも寛太の様子がおかしい。

「どうしたのだ？」

顔を近づけて訊くと、

「切腹してたんだ」

いまにも泪をこぼさんばかりの顔になって言った。

「まことか？」

寛太はうなずいた。

が、ありうることではあった。奥平も武士だ。矜持もあろう。死が近づいていることは、だれよりも自分がよくわかっていたことだろう。

死に抱きすくめられる前に、おのれで死を抱きしめてやろうと考えたとしても、ふしぎはない。

「そうか」

切腹したかと、脳裡でつぶやいてから、

「おまえは清庵先生に知らせてくれ」と寛太に言った。奥平の薬を幾度か清庵の家までもらいに行かせているから、道はわかっている。

「清庵先生をお連れして、小屋までくるのだ」

寛太に命じて、道場を飛び出した。

小屋に着いた弦十郎は、倒れていた奥平を抱き起こしたが、すでに絶命している。布団の上に寝かせてから手を合わせた。

腹は脇差で切ったらしいが、すぐに頸《くび》を切ったと見え、胸は血で濡れている。腹を切っただけでは死にきれず、頸を切って絶命したようである。

奥平の骸《むくろ》を見ているうちに、弦十郎はなにか異様なものを感じとっていた。

――なにかが、おかしい……。

それがなにかとは明瞭《はっきり》とは言えぬが、なにかがおかしいことは確かなのだ。

思案を重ねているうちに、寛太が医師の清庵を連れてきた。

入ってきた寛太の着物についていた血を見た瞬間、その「異様なもの」が判明した。

清庵が奥平の骸を検死し、

「わしは、これから番屋へ知らせてまいります。しばしこちらでお待ちを」

弦十郎にそう言い残して去ったあと、残された寛太を呼んで正面から眼を見つめて言った。

「寛太、隠していることがあれば申せ」

「なんのことですか？」

「わしに隠し事はならん」

「なにも隠しちゃいませんよ」

寛太は懸命に否んでいる。が、弦十郎にはわかっていた。

「奥平どの頸を切ったのは、おまえだな？」

指摘されて、寛太は瞠目した。

その後、重苦しい沈黙が垂れ込めた。長いと感じた沈黙だが、実際は一呼吸するほどの間であったろう。

いきなり寛太が泣き出した。叫ぶような泣き方である。

「泣くな」

弦十郎が低く言うと、寛太の泣き声がいったん止まり、再び泣き出したときは、嗚《お》咽《えつ》になっていた。

「叱りはせぬ。洗いざらい話せ」

弦十郎の声は、真綿でくるんだように柔らかだ。寛太も泣き声に言葉を挟んだ。

「ここへきたとき、おじいさんは腹を切っていたんだ。でも、死んではいなかった。うんうん唸っていた。すぐに知らせにいこうとしたんだけど、おじいさんが行くなって……。頼みがあるっていうんだ。なんだって訊くと、頸を切ってくれって。でも、怖かったから厭だって、それで外へ出ようとしたんだ。そんとき、おじいさんが凄い声を出しておれを呼んだ。最後の頼みだって。おじいさんは、ひどく苦しがってた。腹からは血が流れてるし、痛いんだろうなって思った。そんなおじいさんを放っておくわけにはいかないと思ったんだ。だから、頸を切った。……おじいさんは、それですぐに死んだ。それで楽になったんだ」

寛太が訴えるように言った。

「それでよかったのだ」

弦十郎もそうしただろう。そうするしかなかったのだ。

「それをな、介錯と言うのだ」

弦十郎が教えた。寛太もどこかで聞いたことがあったのだろう、軽くうなずいてから、

い。

「うん」と答えた。

寛太が奥平を見たとき、介錯するほかなかったのだ。寛太を責めることはできない。

「おじいさんに成仏《じょうぶつ》してもらおうな」

弦十郎が寛太の肩に手を置いた。寛太が見あげて言った。

「これでおじいさんも楽になったんだね」

奥平が病に苦しんでいるのを見てきた寛太だ。もう奥平の苦痛の表情を見たくなかったのだろう。

「そうだ。これで浄土へ行ける」

弦十郎が言って、もう一度手を合わせた。寛太も真似をして手を合わせた。

六

久しぶりに鉱之助がきたので、奥平の死の顛末《てんまつ》を話そうと手ぐすね引いていた弦十郎だったが、

「噺がある」

いつものように見所に座る前に言われて、出鼻をくじかれた。

「なんだ？」

「こちらから仕掛けることにした」

「なにをだ？」

「刺客団を掃討《そうとう》する」

「どうするのだ？」

「罠を仕掛ける」

「罠とは？」

「刺客団を誘いだし、待ち伏せして一網打尽にする」

「なにゆえさようなことを？」

弦十郎には、そのたくらみがあまりに無謀だと思われたのだ。

「西塚さまのご命令だ」

「だが、敵は侮《あなど》れぬぞ」

「それでもやれということだ。西塚さまも、刺客団が江戸へきてから幾度も狙われたし、外出を控えてきた。が、時勢は急転しているし、西塚さまもいつまでも上屋敷内におるわけにはいかぬ。外で他家の要人とも会わねば、小浜藩改革派としての命脈が絶たれるということだ」

「それはそうかも知れぬが……」

それにしても大きな賭けではある。

「策はあるのか？」

「西塚さまと練ってきた」

「それをおれが手伝うのか？」

「手伝うのではない」

「では、どうする？」

「おぬしが頭目《とうもく》となってやってもらうのだ」

「ふざけたことを……」

笑いとばそうとした弦十郎の口が開く前に、鉱之助が言った。

「家臣は集めてある。その家臣を、おぬしが使ってもらいたい。おぬしの下知に従って動くよう、家臣には命じてある」

「だが、町道場の師範代が、なにゆえさようなことをしなければならぬのか……」

弦十郎の疑問を、鉱之助が次の一言で一気に払拭した。

「おれの頼みだ」

そう言われれば、弦十郎もなにも言えぬ。とどのつまりは、藩庫から出したとはいえ、澄江のために五十両もの大金を揃えてもらったという弱みもあるからだ。あれだけのことをしてもらいながら、拒むことはできぬ。

——あるいは……。

鉱之助は、こうなることを見込んで、あの大金を出したのか？　だとすれば、弦十郎はまんまと策にはまったことになる。

憮然たる面持《おもも》ちで鉱之助を見ながら、

「で、いつどこでやることになっておる？」と訊いた。

鉱之助の口許には、勝ち誇ったような笑みが湛えられていた。

「明後日の夕七ツ、上屋敷から駕籠を出す。駕籠にはいつものように、家臣を二人つける。おぬしもいつものように隠れてあとをつけてきてくれ。駕籠は駒込へ向かう。途中、吉祥寺《きつしようじ》の手前で右へ折れると、その先は木立と田圃ばかりだ。その木立に家臣を待ち伏せさせておく。おそらく刺客もその辺りで襲ってくるものと踏んでいる」

「だが、西塚さまの身に……」

「西塚さまは駕籠には乗せぬ」

「では、駕籠は空か？」

「いかにも」

鉱之助の策は、なるほどよく練れてはいる。が、果たして刺客団が思ったように乗ってくるかどうか？

弦十郎が視線を落として不安をあらわすと、

「きっとうまくいく」

鉱之助が自分の膝を軽く叩いた。


その夜、弦十郎は柳斎と二人で夕餉を食べつつ、鉱之助から頼まれた策について話した。刺客団のことは話してあるし、室崎と対戦したことも伝えてある。むろん、室崎の剣術の腕も、柳斎は知っている。腿《もも》を怪我した室崎も、もう完治していることだろうということも伝えた。

「その室崎という男には、心してかからねばならぬな」

柳斎が、案じ顔で言った。

「それはむろん……」

弦十郎も室崎の実力は認めている。なまなかな相手でないこともわかっているし、あるいは命を懸けることになるかもしれないとも思っている。腿の怪我の程度がどうであれ、室崎が稀に見る強敵だということは確かなのだ。

柳斎もそう感じていたようで、

「こたびも木剣で通すか？」

そんなことを訊いたのはよほどのことだ。

真剣を持つなというのは柳斎の教えであり、弦十郎もかたくなにそれを守ってきた。撃剣は人を殺すためにあるものではなく、身を護るためにある。だから真剣など必要ないのだという考えで押し通してきた。

だが、こたびの敵はこれまでとは違う。木剣では太刀打ちできないかもしれない。そう考えたからこそ、柳斎も木剣で通すのかと確かめたのだ。

弦十郎もためらいはした。が、結局は木剣を選んだ。

「木剣のほうが扱いなれておりますし、いざとなればこちらのほうが使いやすいと思われますので」

「そのほうがよいかも知れぬな」

柳斎も、木剣の有利さに気づいたらしい。使い慣れぬ真剣をふりまわすより、日頃から手足のように使っている木剣のほうが自在に操れることは確かだ。そのほうが、いざとなったときに有利に働くのではないかと考えたのだ。

木剣で勝負すると決めて、席を立とうとした弦十郎に、

「忘れるな」と言った。

振り返った弦十郎に、

「自他一如《じたいちによ》を忘れるな」

柳斎が投げつけるように言った。

茫然となっている弦十郎に、柳斎が説いた。

「おまえと室崎は、ひとつだ。それを覚えておけ。さすれば、いざというときに勝てる」

自他一如というのは、柳斎から説かれてきた言葉だ。他者と自分は同じなのだ。その境地に達すれば、胸中に静謐《せいひつ》を得ることができる。そのときにこそ集中できるというのだ。

相手に対する怒りや憎しみが湧けば、勝とう、倒そうという欲が出てくる。それがおのれを乱し、動きを固くする。だが、怒りや憎しみの感情から無縁の所にいれば、自然に動くことができる。そうすれば、その分だけ有利になる、ということだ。

剣術でも、常にその構えで立ち向かえと教えられてきたが、今度もそれを忘れるなというのだ。

「承知いたしました。忘れぬようにいたします」

弦十郎が頭を下げて、柳斎の部屋を出た。

二日後の夕七ツ、弦十郎は半丁ほど離れた塀の陰から小浜藩上屋敷の裏門を見ていた。

いつものように駕籠が出てきて、両脇に若い家臣がひとりずつついた。駕籠の後ろに、この日は鉱之助がついている。さらにその背後、およそ半丁の距離を置いて弦十郎がついている。

駕籠は打ち合わせた通りに、駒込吉祥寺裏へと向かっている。白山権現《はくさんごんげん》から天栄寺《てんえいじ》門前を通って、吉祥寺の手前で右へ曲がると、そこからは畑と木立が連なる蕭条《しょうじょう》たる処だ。

弦十郎が見たのは鬱蒼《うっそう》たる木立《こだち》である。遠くからでよく見えないが、そこには鉱之助の手配で、小浜藩家臣が待ち伏せしているはずである。

刺客が襲撃してくるのはここしかない。襲撃のためにあつらえたような場所だった。

弦十郎は辺りを見渡した。駕籠は木立の手前、およそ半丁の所にきている。

そのとき、右前方に足音が響いた。

見ると、駕籠の手前にある畦道《あぜみち》を四、五人の男が駆けている。どうやら駕籠をめざしているらしい。

──まずい……。

弦十郎は言葉を呑み、同時に駆けだした。

男たちは浪人風で、いずれも頭巾をかぶり、抜刀している。

畦道から広い道（といっても幅が二間ほどしかないが）に出ると、浪人たちは十間まで近づいていた弦十郎には見向きもせず、駕籠のほうを目指して駆けていく。

駕籠を警固していた鉱之助と家臣も気づいたらしく、駕籠をおろして抜刀した。

反対側の木立からも家臣がとび出し、駕籠を目指して駆けてくる。家臣の数はおよそ十人。いずれも襷《たすき》がけで、袴の股立《ももだ》ちをとって抜刀している。

浪人たちは五人。確か、稲荷小路で襲ってきた刺客も五人だった。あのとき傷を負った者もいるが、見れば片手を動かさずに駆けていく者もいたから、小浜からきた刺客団が総出でここへきているらしい。

とすると、中には室崎もいるはずだ。

「まずいっ」

駕籠の中にはだれもいないから心配はないが、あぶないのは鉱之助たちだ。一度不覚をとっているだけに、室崎たちはなにをするかわからない。駕籠を警固している鉱之助たち三人を斬殺するかもしれないのだ。

弦十郎は急いだ。が、すでに五人はもう駕籠を取り巻き、鉱之助たちに斬りかかっている。

鉱之助たちが応戦しているところへ、駆けつけた弦十郎が、

「待てっ」

叫ぶなり、木剣を八双《はっそう》に構えたまま滑るように走っていった。

鉱之助が剣尖を躱《かわ》した直後、弦十郎が刺客と鉱之助の間に木剣を投げるように伸ばした。

五人はいずれも頭巾をかぶっていて顔が見えないが、室崎の眼だけは弦十郎も覚えている。あの眼の奥の底冷えた光を忘れられるものではないのだ。

弦十郎が室崎を見つけると、正面に立った。

「おぬし……」

室崎はすぐに弦十郎に気づいたようである。

鉱之助たち三人は、ほかの四人と向きあっている。

が、木立から駆けつけてきた家臣たちもすぐそばまできている。こちらは十人以上もいる。それだけの家臣が囲めば、たとえ室崎たちがいかに強かろうと多勢《たぜい》に無勢《ぶぜい》というものだ。

室崎は焦ったはずである。ほかの四人も焦っただろう。集中すべき眼前の相手に集中できず、木立の中から突進してくる家臣たちに気を奪われているのがはっきりわかる。

このままじっとしていれば、家臣たちが押し寄せてとり囲まれることはわかっているから、刺客たちもあわてたのであろう。いきなり攻めかかってきた。

まず四人が鉱之助たちに斬りかかり、ついで室崎が弦十郎に打ち込んできた。

室崎の切っ先の鋭さは、凡百の剣客のものではない。半ばは家臣たちに気をとられていながら、これほどすさまじい太刀筋《たちすじ》を見せるのだから、やはり評判通りの使い手なのだ。

その一刀を躱したとき、弦十郎はわずかに足を滑らせた。ために腰が揺れ、躰が傾いた。といってもごくわずかな崩れであり、相手が門弟や同等の力量の剣客ならば、気にするほどのこともない。が、相手が室崎ゆえ、些細な重心の崩れが致命的なものになる。その崩れが上半身の調和をわずかに崩れさせ、その崩れが弦十郎の木剣の先端にまで伝わっていくのだ。

その微妙な動きが室崎に伝わり、それが隙になり、その隙を室崎が見つけ、そこを衝いてくる。つまり、弦十郎はいつの間にか追いこまれていたのだ。

室崎があとひと突きしてくれれば、おそらく弦十郎は躱しきれなかっただろう。それほど受身に立たされていたのだ。

そのとき、弦十郎は柳斎の言葉を思い出した。

——自他一如……。

弦十郎は室崎になりきろうとした。

室崎の呼吸を聞き取り、その中におのれの呼吸を忍びこませた。

それから室崎の剣を見た。その剣におのれを同化させようとした。

すると、ふしぎなことに躰が軽くなったような気がした。

おのれであっておのれでないような、妙な感覚を覚えた。

そのとき、室崎が斬りこんできた。

が、その太刀が弦十郎にははっきりと見えた。しかも止まっているように見えた。

弦十郎はその剣先《けんさき》をなんなく躱し、腰を落としたまま流れるように横に移り、その姿勢から上段に構えた。

弦十郎の木剣は、そのまま振り下ろされた。

振り返った室崎の額に、弦十郎の木剣が埋まった。

直後、室崎は崩れた。

その間、一呼吸か二呼吸するほどの間であっただろう。が、弦十郎には一刻にも感じられた。

室崎が倒れたのを見た瞬間、音が聴こえた。

いつの間にか、木立から駆けてきた家臣たちが残った刺客たちを取り囲んでいた。

こうなれば、もう逃げようがない。

四人のうちひとりが斬りかかっていったが、たちまち三人の家臣に斬りつけられ、絶命した。おそらく覚悟の上の死であっただろう。

残った三人は、降伏した。鉱之助たちが三人の身柄をとらえ、室崎ともうひとりの骸を駕籠に押し込んだ。

鉱之助たちは小浜藩上屋敷へ向かい、弦十郎は途中で柳花館へ戻った。

七

それから十日ほど経って、鉱之助が渋い顔を携《たずさ》えて道場へきた。

「どうした、浮かぬ顔だな」

弦十郎が思わずそう慰めざるを得ないほど、萎《しお》れていたのだ。

「橋本どのが殁られた」

橋本左内が死んだというのかと弦十郎が念を押すと、

「十月二日に捕らえられて伝馬町の揚《あが》り屋に入ったが、七日に斬首されたそうだ」と
鉱之助がうつむいたまま答えた。

「切腹ではないのか?」

「斬首された」

「なんということを……」

弦十郎が鼻をふくらませて太息《たいそく》をした。

「井伊大老も、むごいことをするものよ」

鉱之助も憤然としている。

弦十郎も、左内と会ったことがあるだけに悲しみも深い。

「公儀は、昨年から京で攘夷派の志士を捕縛して処刑しているようだが、ついに江戸でもそこまでのことを始めたということだ」

鉱之助が眉間に剣呑《けんのん》なものを刻んでそう言った。

「いよいよ、江戸でも騒擾《そうじょう》が起こるのか」

弦十郎は覚悟しなければならぬと思いつつ、やりきれなさを感じていた。

「なにか、とんでもないことが起こりそうな気がする」

鉱之助も、虚ろな表情になっている。

「それはなんだ？」

「わからぬ。が、世の中が大きく曲がり始めているような気配がするのだ」

鉱之助がそう言って上を見あげた。

弦十郎の頭上にも、不安の雲があった。

「どうだろう、大坂にいる澄江どのに知らせるべきかな？」

弦十郎が訊いたのは、左内は澄江の蘭学の師であり、恩人でもあったからだ。

「よせよせ」

鉱之助が止めた。

「なにゆえだ？」

「手紙など出して、もしだれかに見られたらどうする？　橋本どのとかかわりがあるとわかれば、澄江どのも怪しまれ、いずれは捕縛されるだろう。もし江戸へ戻るようなことがあれば、そのときに知らせてやればよいではないか」

鉱之助の忠告は、いつになく理にかなっており、弦十郎を納得させるものだった。これには抗弁する理由が見つからず、

「では、そうしよう」

と言って鉱之助の忠告に従うことにした。

鉱之助が去ったあと、入れ替わりに源吉がやってきた。奥へ通そうとすると、ここでけっこうだというので、鉱之助が座っていた見所の前に座らせた。

「さっき、珍しい人を見かけましたぜ」

切れ長の眼の端に皺を刻んで言った。

それはだれだと弦十郎が訊くと、

「おつねさんですよ」

上目遣いに、そう言った。

「奥平どのの娘御か？」

「さようで」

「どこで見た？」

源吉は膝を寄せたが、声は逆に大きくなっている。

「傳通院の前で見かけたんですがね、声をかけるのもなんだし、といってそのまま行ってしまうのもなんだし、どうも気になるもんですから、あとをつけていったんですよ。どうもこれは十手を預かっていた頃の性分なんですかね」

「で、どこへ行ったのだ？」

「どこだと、お思いになりますか？」

「さあな」

弦十郎が首をかしげていると、

「あの小屋ですよ」

源吉が唇を結んでうなずいた。

「奥平どのが臥せっておった小屋か？」

「はい。二人で深川の茶屋へまいりましたときに、先生がおつねにおっしゃったでしょう。奥平さんは小石川播磨田圃の小屋に臥せっているとね」

元岡っ引の源吉だけに、見るところは見ているのだ。

「では、おつねは父親を見舞いにきたというのか？」

弦十郎は、胸が熱くなっている。あれほど父親のことを悪《あ》しざまに言い、のたれ死にすればいいとまで言い切っていたおつねが、結局は死に目にあいたいと小屋を探しにきたのだ。

——やはり親子だなあ。

人情にもろい弦十郎だから、源吉がいなければ泣いていただろう。が、源吉の手前、泪《なみだ》を見せるわけにはいかぬ。

「で、おつねはどうした？」

「小屋にいないのを見て、遅かったとわかったんでしょう。外から見ていると、手を合わせているようでした」

「そうか。もう少し早ければな」

親子のためにも、なんとか会わせてやりたかった。

「最後まで迷ったんでしょう。で、やっと行く気になったんでしょうが……」

源吉も、親子のことを思って声をつまらせているらしい。

「おつねには会えなかったが、奥平どのも草葉《くさば》の陰で喜んでいることだろう」

「草葉の陰から、おつねさんの姿が見えたでしょうかね？」

「見えただろう」と弦十郎が言った。

「見えたでしょうね」と源吉がうなずいた。

涼風《すずかぜ》が、道場の武者窓から入ってきた。

庭の楠の上で、鴉が心地よさげに喉を鳴らしている。

本書は書下ろし作品です。

|著者|乾 荘次郎 1948年徳島市生まれ。早稲田大学中退後、映画評論、ルポルタージュなどの執筆活動の一方で小説誌に作品を発表。'98年、第6回松本清張賞で最終選考に残り、高い評価を受ける。短編集『孤愁の鬼』で時代小説作家としてデビュー。他の著書に『谷中下忍党』「隠し目付 植木屋陣蔵」シリーズ、「新十郎事件帖」シリーズなどがある。

介錯《かいしやく》 鴉道場日月抄《からすどうじようにちげつしよう》

乾《いぬい》 荘次郎《そうじろう》

講談社文庫

定価はカバーに
表示してあります

2008年1月16日第1刷発行

発行者——野間佐和子
発行所——株式会社 講談社
東京都文京区音羽2-12-21 〒112-8001
電話 出版部 (03) 5395-3510
販売部 (03) 5395-5817
業務部 (03) 5395-3615

Printed in Japan

デザイン—菊地信義
本文データ制作—講談社プリプレス制作部
印刷———豊国印刷株式会社
製本———株式会社大進堂

落丁本・乱丁本は購入書店名を明記のうえ、小社業務部あてにお送りください。送料は小社負担にてお取替えします。なお、この本の内容についてのお問い合わせは文庫出版部あてにお願いいたします。

ISBN978-4-06-275804-8

講談社文庫刊行の辞

二十一世紀の到来を目睫に望みながら、われわれはいま、人類史上かつて例を見ない巨大な転換期をむかえようとしている。

世界も、日本も、激動の予兆に対する期待とおののきを内に蔵して、未知の時代に歩み入ろうとしている。このときにあたり、創業の人野間清治の「ナショナル・エデュケイター」への志を現代に甦らせようと意図して、われわれはここに古今の文芸作品はいうまでもなく、ひろく人文・社会・自然の諸科学から東西の名著を網羅する、新しい綜合文庫の発刊を決意した。

激動の転換期はまた断絶の時代である。われわれは戦後二十五年間の出版文化のありかたへの深い反省をこめて、この断絶の時代にあえて人間的な持続を求めようとする。いたずらに浮薄な商業主義のあだ花を追い求めることなく、長期にわたって良書に生命をあたえようとつとめるところにしか、今後の出版文化の真の繁栄はあり得ないと信じるからである。

同時にわれわれはこの綜合文庫の刊行を通じて、人文・社会・自然の諸科学が、結局人間の学にほかならないことを立証しようと願っている。かつて知識とは、「汝自身を知る」ことにつきていた。現代社会の瑣末な情報の氾濫のなかから、力強い知識の源泉を掘り起し、技術文明のただなかに、生きた人間の姿を復活させること。それこそわれわれの切なる希求である。

われわれは権威に盲従せず、俗流に媚びることなく、渾然一体となって日本の「草の根」をかたちづくる若く新しい世代の人々に、心をこめてこの新しい綜合文庫をおくり届けたい。それは知識の泉であるとともに感受性のふるさとであり、もっとも有機的に組織され、社会に開かれた万人のための大学をめざしている。大方の支援と協力を衷心より切望してやまない。

一九七一年七月

野間省一